AF387587

Dieses Buch enthält eine Sammlung intimer Porträts. Das Leben wird entlarvt als eine präzise Darstellung innerer Wirklichkeiten, als ein Gesang von Gefühlen, der in scheinbaren Nebensächlichkeiten die Essenz des Daseins erkennt.

Tobias Renk ist 1981 im fränkischen Kronach geboren, wo er auch aufgewachsen ist. 2009 veröffentlichte er seinen ersten Gedichtband »Die Kathedrale in meinem Herzen«. Seitdem hat er drei weitere Gedichtbänder veröffentlicht: »Schrei, wenn es brennt – 59 Liebesgedichte«, »Ausfahrt Nord – Gedichte vom anderen Ende der Straße« sowie »Morgen der Tag«. »Wochentags und fünf weitere Geschichten« ist sein erstes Prosabuch.

Weitere Informationen, auch zur E-Book-Ausgabe, finden Sie bei www.tredition.de

Tobias Renk

Wochentags

und fünf weitere Geschichten

Verlag: tredition GmbH, Hamburg

ISBN
Paperback   978-3-8495-8020-9
Hardcover   978-3-7345-0485-3
e-Book   978-3-7345-0486-0

Printed in Germany

Inhalt

Wochentags

Eine Novelle

»Kaum willst du ganz und mitten in etwas sein,
siehst du dich schon wieder an den Rand gespült:
das ist heute das Erlebnis in allen Erlebnissen!«

Robert Musil

Niemals.

Nie hatte ich vor darüber zu schreiben. Nicht einen einzigen Satz. Nicht ein einziges Wort. Einmal den Gedanken gefasst, bin ich umso eifriger darin bemüht, diese Zeilen, die mir unter den Nägeln brennen, zu Papier zu bringen. Kein Geschehnis soll verblassen, kein Geruch verlorengehen, kein Ereignis verschwimmen. Jede Begegnung, jede Zufälligkeit, jede schicksalhafte Fügung soll eingefangen werden. Ich will jede Kleinigkeit beachten, sie darstellen. Jede noch so winzige Begebenheit soll Bedeutung erlangen. Es ist eine große Aufgabe, der ich mich stelle. Sie verlangt die Fähigkeiten eines guten Beobachters und eines noch besseren Erzählers. Ich kann nur hoffen, annähernd diesen Anforderungen und meinen Erwartungen gerecht zu werden.

Als ich dann an meinem Schreibtisch sitze, vor mir der Bildschirm meines Computers, der säuberlich aufgelistet ungelesene E-Mails anzeigt und mir die Sicht in den Raum versperrt, und auf dem Schreibtisch links neben mir drei Kartons gleichen Inhalts – es sind mehrfache Ausdrucke meiner Dissertation –, drängt sie sich auf, die Frage nach dem, was meine Zeit am Institut gebracht haben wird und welche Momente sie überdauern werden.

Es ist eine bloße Laune, aus der die Idee gebiert, diesen Text zu schreiben. Mehr zaghaft denn vorsätzlich setze ich meine Finger auf die Tastatur und überlege wie der Morgen gewesen war. Welchen Weg ging ich zur Arbeit? Welchen Menschen bin ich begegnet? Was ist das, was da niedergeschrieben werden soll? Ist es lediglich eine bloße Aneinanderreihung von Tatsachen? Ist es ein Bericht, der eine chronologische Darstellung von Fakten vornimmt?

Manche Abschnitte schreiben sich von selbst. Die Worte drängen nach außen und es gibt kein Halten. Manchmal kann ich nur kurze Notizen machen, etwa wenn ich unterwegs bin. Dann sitze ich später am Schreibtisch und schaue den Briefumschlag an, auf den ich hastig einige Wortfetzen geschmiert habe, die mir jetzt – im Nachhinein – völlig zusammenhanglos erscheinen, und versuche diese lebendig werden zu lassen. Die Sorge, dass diesen Notizen etwas abhandenkommt, dass nur Teile des Erlebten erfasst werden, ist unausweichlich. Dass es zeitweise sogar unmöglich scheint, das Gefühlte in Worte zu fassen, beängstigt mich. Es ist die oft zitierte Angst eines Schreibenden, das was er erfasst, nicht ausdrücken zu können.

Der vorliegende Text mag an mancher Stelle unter dieser sprachlichen Unzulänglichkeit leiden.

Was entsteht ist ein ehrliches und aufrichtiges Bekenntnis. Eine Betrachtung eines Menschen, in dessen Leben ein großes, ein wichtiges Kapitel beendet wird und der sich aufmacht zu neuen Ufern. Es ist ein poetisches Geständnis, eine intime Bilanz, deren Ende sich in einer einzigen Frage zusammenfassen lässt:

Was bleibt?

Montag

Noch eine Woche im alten Job. Es ist ein undurchsichtiges Gefühl, das mich überkommt, zumindest ein Stück weit. Bin ich traurig? Werde ich das alles hier vermissen? Werde ich meine Kollegen vermissen? Manche ja, manche nein. Ich liebte diese Arbeit. Allerdings wusste ich auch, dass sie zeitlich begrenzt war. Auch das Datum des Endes war mir schon lange bekannt. Genügend Zeit also, sich darauf einzustellen. Abschied zu nehmen. Innerlich. Bin ich vorbereitet?

Vorfreude auf etwas Neues. Auf das, was da kommen wird in naher Zukunft. Diese Zukunft ist bereits geplant. Zwei Monate werde ich eine Auszeit nehmen, sei es um zu reisen, zu schreiben oder mich auf den neuen Job vorzubereiten. Dann werde ich zum neuen Jahr umziehen. Eine neue Stadt. Neue Gesichter, neue Gerüche, neue Bilder, die sich einem einprägen.

Heute Morgen hatte ich einen Zahnarzttermin. Als ich danach zur Arbeit fahren wollte, riss meine schon seit einigen Wochen verrostete Fahrradkette. Die fürsorglichen Worte meines Nachbarn klingen in meinem Kopf: Die könnte etwas Öl vertragen.

Ich schob mein Fahrrad zurück zur Wohnung und nahm die S-Bahn. Dann holte ich mir in meinem Lieblingscafé einen Milchkaffee mittlerer Größe zum Mitnehmen. Wie immer. Tänzelnder Milchschaum. Wie eine kleine Insel. Die Frage drängte sich auf: Wie oft werde ich noch hierher kommen, um einen Milchkaffee zu bestellen? Wie oft werde ich noch meine Hände um diesen heißen Pappkartonbecher legen, um sofort einen Teil des Milchschaums zu schlürfen, damit er nicht hinüberschwappt?

Auf dem verbleibenden Weg zum Institut sah ich Natalie. Das erste Mal seit gut fünfzehn Monaten. Eigentlich sollte sie nicht mehr in der Stadt sein, wenn sie ihre damaligen Pläne umgesetzt hätte. Aber fünfzehn Monate sind eine lange Zeit. Lange genug, um Pläne über Bord zu werfen. Ihre Haut zu braun für diese Jahreszeit. Und überhaupt künstliches Braun von der Sonnenbank. Sie enttäuschte mich. Sie war so viel mehr. Damals. Sie ignorierte mich, was mir recht war.

Wie oft bin ich diesen Weg schon gegangen? Ich habe nicht gezählt. Es ist unmöglich eine genaue Zahl zu nennen. Eine vage Hochrechnung. Tausend. Vielleicht mehr. Und an keinen dieser tausend Gänge kann ich mich explizit erinnern. Es ist, als ob ich ein Schatten war. Ein Geist, der unruhig durch die leeren Gassen wanderte auf der Suche nach etwas, das mir jetzt nicht mehr einfallen will. Unweigerlich kommt dieses Bild. Es drängt sich auf. Ein Maßband, von dem man nach jedem Tag ein Stück abschneidet. Wie damals, als ich Zivildienstleistender in einem Alten- und Pflegeheim war. Die Tage zählen. Ein etwas entfremdeter Adventskalender. Schauerlich der Gedanke, seine Tage zählen zu können bis man stirbt. Bis alles vorbei ist. Ein für alle Mal. Endgültig.

Die Tür ist alt und schwer. Ehrwürdig fast, aber das dichte ich ihr an. Aus Holz. Ich schiebe sie auf. Der leichte Geruch angestauter Luft weckt heimatliche Gefühle in mir. Er ist wohlbekannt. Der Rest ist Routine. Tagtäglich habe ich das gemacht. E-Mails checken. Kaffee holen aus der kleinen Kochnische im zweiten Stock. Der Kaffee viel zu stark. Wie immer. Die traurige Erkenntnis, dass sich während meiner Zeit wenig geändert hat. Und die freudige Feststellung, dass sich wenig ändern wird mit dem Kommen und Gehen neuer Arbeitskollegen. Also auch mit mir. Das macht mich nur zu einer Randnotiz auf einem Zettel. Irgendwann später werden die Kollegen zusammensitzen und Kaffee trinken. Und dann werden sie sagen, dass auch ich einmal hier war. Zu viel mehr werde ich es nicht bringen. Aber immerhin tauche ich ab und zu noch in Gesprächen auf – vielleicht. Manche haben dieses Glück nicht. Glück? Hat das etwas mit Glück zu tun? Darf ich mich glücklich schätzen, weil einige ehemalige Arbeitskollegen noch manchmal meinen Namen in den Mund nehmen?

Einiges gibt es dann doch noch zu tun. Ein Artikel muss begutachtet werden. Die Arbeit eines Studenten bewertet. Sämtliche Ausdrucke der Dissertation mit persönlichen Widmungen versehen und verteilt. Natürlich würde jede Widmung eine positive sein. Unabhängig davon, was ich wirklich denke. Fast ist es so wie bei Arbeitszeugnissen. Die verwendeten Formulierungen, die in gekonnter wissenschaftlicher Manier – Ärzten gleich – zu Papier gebracht werden, sprechen dann doch eine ganz eigene Sprache. Es wird einige Zeit dieser Woche in Anspruch nehmen.

Mein Chef steht in der Tür. Ein ehemaliger Angestellter (ein Glückspilz?) habe gefragt, warum ich nicht an der Konferenz in Taiwan teilgenommen habe. Ein Infekt. Die Untersuchungen dauerten noch an. Auf Anraten der Ärzte sollte die Reise nicht angetreten werden. Im Nachhinein hat sich alles als harmlos herausgestellt. Ich bin nicht nur um eine Konferenz gebracht worden, sondern auch um eine Reise nach Taiwan, das ich schon immer einmal sehen wollte.

Der Gang zum Bäcker in der Mittagspause ist schon lange Routine. Ich nehme ein Vollkornbrötchen mit zwei dünnen Scheiben Fleischkäse und sauren Gurken. *Kerner* nennen sie das hier. Dazu eine Diät-Cola. Wie so oft. Laufe ich ein Stück weiter und biege dann nach rechts ab, komme ich nach zweihundert Metern auf einen mittelgroßen Platz. Links thront stumm und mächtig das Naturkundemuseum, das ich schon oft besuchen wollte. Vor allem damals, als es eine Sonderausstellung zu *Charles Darwin* gab. Bis heute war ich nicht da. Rechts befindet sich ein Brunnen. Säurebrunnen nennen wir ihn. In seiner Mitte befindet sich eine große Fontäne umringt von acht kleinen. Ein Bild erscheint in meinem Kopf. Dieser Brunnen da, wenn man ihn von oben betrachtet und die große Fontäne als Ursprung eines kartesischen Koordinatensystems annimmt, sieht aus wie das Signalraumdiagramm einer achtstufigen Phasenumtastung.

Es ist fester Bestandteil des alltäglichen Ablaufs geworden: Tischfußball. Wir spielen in Zweierteams. Hin- und Rückspiel. Wer zuerst zehn Tore geschossen hat, gewinnt ein Spiel. Bei fünf wechselt ein Team intern die Position, damit einmal jeder gegen jeden spielt. Heute habe ich zweimal gewonnen. Das kommt nicht oft vor. Ich bin Mittelmaß. Letztes Jahr beim Weihnachtsturnier habe ich mit Sven in einem Team gespielt. Wir belegten den zweiten Platz. Es lag mehr an seiner Klasse als an meiner Unfähigkeit. Dieses Jahr werde ich das Turnier verpassen. Werde nach Wohnungen suchen und Kartons füllen mit in Zeitungspapier eingewickeltem Geschirr, Kleidung und Büchern.

Das Schreiben der Wohnungskündigung ist unumgänglich. Es ist nicht das erste Mal, dass ich sie aufsetzen muss. Alle Vorgänger wurden sofort nach dem Drucken gelöscht. Diesmal meine ich schlauer zu sein und speichere sie als Vorlage ab. Vorlage für Kündigungen. Bei den Stadtwerken genügt ein Anruf. Den Zählerstand darf man selbst durchgeben. Falls man das nicht möchte, so kann ein Ablesetermin vereinbart werden. Das Kündigen von Telefon und Internet muss schriftlich erfolgen. Es geht aber alles online. Wie praktisch, denke ich.

Bis vor kurzem hatte ich ein Einzelbüro. Jetzt sitze ich für die letzten Tage mit zwei Kollegen in einem Raum. An der Wand hängt genau in Blickrichtung eine Weltkarte. Ich denke an die Osterinseln und versuche, sie, die von meinem Schreibtisch aus nur die Größe eines Stecknadelkopfes besitzen, mit meinen Augen zu fixieren und scharf zu stellen. Einem Studenten werden Sachverhalte erklärt, die er eigentlich schon wissen sollte. Das passiert immer öfter. Es scheint so, als ob das Vorurteil stimmt, dass die Ausbildung schlechter wird. Woran liegt das? An den Inhalten? Sind sie zu schwer geworden? An den Studierenden? Sind sie unfähiger als ihre Vorgänger? Dann die schreckliche Erkenntnis. In meinen noch jungen Jahren auch ungenügend ausgebildet worden zu sein – ohne selbst etwas dafür zu können. Ich verdränge die Vorstellung, als gegenüber gerade ein Vektor unabhängiger Zufallsvariablen angelegt wird. Dann höre ich noch dumpf, fast nicht vernehmlich, weil meine Gedanken abschweifen, *com-*

pare to zero. Wenig später ist der Student verschwunden.

Das Postfach ist leer. Das merke ich erst jetzt,
obwohl ich schon mindestens dreimal daran vor-
beigelaufen bin. So etwas wäre mir vor ein paar
Wochen noch nicht passiert, bin ich mir sicher.
Was soll ich auch noch mit neuen Postsendungen?
Eine Fachzeitschrift müsste im Laufe der Woche
noch kommen, die ich ungelesen entsorgen werde.
Meist kommt sie mittwochs. Manchmal aber auch
schon dienstags. In den Postfächern meiner Kollegen Kalender für das neue Jahr. Es widerspricht
dem Fortschrittsgedanken des digitalen Zeitalters:
Kalender aus Papier.

Mein Chef kommt erneut den Flur entlang. Ich
bekomme mein Arbeitszeugnis in die Hand ge-
drückt. Der Vorgang ist sehr formlos und wenig
feierlich. Ist auch nur ein Zeugnis, sage ich mir.
Der Herzschlag leicht angestiegen, aber nicht ent-
glitten. Das ist schon lange nicht mehr passiert.
Anfangs, beim ersten Gespräch mit dem Chef oder
bei meiner ersten Vorlesungsvertretung nach nur
wenigen Wochen am Institut. Ich erinnere mich
noch gut daran. Es war das Fach Wahrscheinlichkeitstheorie und die Aufforderung kam wie aus
heiterem Himmel. Später dann fiel mir ein, dass
ich darum gebettelt hatte. Wenn möglich, sagte ich
zu meinem Chef, dann würde ich gerne Vorlesungsvertretungen übernehmen. Es war ein
Waschsalon, in dem ich mich auf die Vorlesung

vorbereitete. Die ganz alltäglichen Dinge – Wäsche waschen, Staub wischen, Geschirr abspülen – stellen sich nur für eine gewisse Zeit hinten an. Ich hatte meine Tafelanschrift akribisch vorbereitet. Ein leeres DIN-A4 Blatt als Muster der Tafel. Natürlich kam es letztlich anders. Natürlich konnte ich die Zeit noch nicht richtig einteilen. Aber das ist Jahre her. Inzwischen habe ich viele Vorlesungsvertretungen, Übungen und eigene Vorlesungen hinter mir. Wieder weiß ich nicht genau, wie viele es waren. Wieder habe ich nicht gezählt. Eine Abschätzung erspare ich mir. Selbst bei den jüngsten Vorstellungsgesprächen war ich ruhig und gefasst. Ein kleiner Adrenalinstoß, den ich immer habe, um in Fahrt zu kommen, aber mehr nicht. Es war wie immer. Die ersten Worte gesprochen und kein Platz mehr, aufgeregt zu sein. Kein Raum für Ablenkungen, kein Ort für Hindernisse.

Draußen hat sich eine große nassgraue Wolke vor die Sonne geschoben. Das Wetter passt zur Jahreszeit. Vereinzelt brechen Sonnenstrahlen durch das Wolkendickicht. Und dann werden sie sichtbar. Schmale Streifen, die sich in Richtung Straße konisch verbreitern. Es ist trügerisch. Man meint, man bräuchte keine Jacke, wenn man so aus dem Fenster sieht. Blickt man aus einem anderen Fenster, dann fallen sie einem auf, die gelb und braun gewordenen Blätter der Bäume, die sich mit entweichender Feuchtigkeit immer mehr krümmen. Letztlich werden sie abfallen und Kinder werden darin herumhüpfen und spielen und voller Vorfreude sein auf den kommenden Schnee. Und ältere Liebespaare werden durch sie hindurchschreiten und das Rascheln genießen und sich erbauen an der Aussicht auf eine warme Stube und einen heißen Schwarztee mit Milch und Zitrone. Jetzt kann man sie sehen, die Kälte in diesen Tagen.

Es ist später Nachmittag. Die Lichter brennen in allen Büros. Auch in den Gebäuden gegenüber sind sie an. Das liegt an der Jahreszeit. Aber nicht nur. Auch ist es der Lage vieler Büros geschuldet. Die Gassen sind zwar nicht zu eng für Fußgänger und Fahrzeuge (einspurig), aber die Gebäude zu hoch, um Sonnenstrahlen ungehindert durchzulassen.

Noch nicht ganz Abend und ich verlasse das Institut. Jetzt wird mir klar, dass ich es noch viermal machen werde. Dann wird es vorbei sein. Die abgestandene Luft im Vorraum hat sich mit Zigarettenrauch vermengt. Als die Tür ins Schloss fällt, bin ich schon auf dem Weg zur S-Bahn. Es windet nicht, dennoch stelle ich den Kragen meiner Jacke auf. Es ist nur Einbildung, dass mir jetzt weniger kalt ist. Aber sie hilft. Ich sitze in einem Viererabteil. Links neben mir sitzt ein schräg aussehender Typ. Er trägt zerrissene Jeans und riecht nach Alkohol und Zigaretten. Seine Haare sind fettig und die krumm gewachsenen Zähne gelb und braun vom Nikotin. In meinem Geiste sehe ich die verdorrten Blätter der Bäume vor mir, die ebenso gelb und braun sind. Schräg gegenüber sitzt seine Begleitung. Ein Mädchen mit einer großen Zahnlücke und aufwändig verzierten Fingernägeln. Vierzig Euro hat es gekostet, erfahre ich, als die S-Bahn an dem Laden vorbeifährt, in dem sie ihre Nägel hat machen lassen. Die ganze Stadt ist eine Baustelle. Ein Denkmal wurde abgetragen. Sie fragt ihn, ob man es wieder aufbauen wird. Klar, antwortet er. Ich frage mich, woher er das weiß. Ich weiß es nicht. Eine ältere gepflegte Frau steigt ein. Sie hält einen Weihnachtstern in ihrer Hand. Dann durchfährt es mich wie ein Blitz. Es geschieht so schnell, dass ich mich nicht dagegen wehren kann. Großmutter. Sie hatte auch immer Weihnachtsterne um diese Jahreszeit gekauft. Etwas später, im Januar vor fünf Jahren, erlag sie ihrem Bauchspeicheldrüsenkrebs. Der Arzt fragte sie damals, ob sie kämpfen möchte. Sie sagte ja, aber meine Mutter wusste es besser. Es gab kein Kämpfen mehr. Als ich aussteige, kaufe ich noch einen Rucola-Salat. Marie will zum Abendessen ein Pesto machen.

Dienstag

Der Weg heute Morgen ist ein anderer. Marie ist noch immer krankgeschrieben nach ihrer Operation. Entzündeter Blinddarm. Gestern war sie beim Arzt. Sie ist nicht überrascht. Es war vorhersehbar. Ein Großteil ihrer Schmerzen ist verschwunden. Allerdings ist eine Stelle ihres Bauches immer noch taub. Das sollte langsam besser werden, meint die Ärztin mit besorgtem Blick. Bei der ersten Nachuntersuchung war das noch anders. Alles prima, hieß es da. Alles so, wie es sein soll nach einer solchen Operation. Ich steige zwei Haltestationen früher aus als ich eigentlich müsste und gebe ihre Krankmeldung ab. Der Briefkasten ist unscheinbar. Nichts weist auf den ersten Blick darauf hin, dass es der Briefkasten einer Firma ist.

Auf dem Weg zum Institut komme ich jetzt nicht mehr an meinem Lieblingscafé vorbei. Es sind solche Zufälle, die ich nicht einplanen kann. Unvorhersehbare Komponenten, die sich mutwillig untermischen. Manchmal unscheinbar, aber dennoch hartnäckig in ihrer Wirkung. Wie sonst hätte es passieren können, dass ich gestern Natalie gesehen habe? Ungewisse Geschicke, die es unmöglich machen abzuschätzen, wie oft ich mein Lieblingscafé noch besuchen kann. Ich nehme einen Milchkaffee bei *Starbucks*. Die Textzeile, die aus den unscheinbaren Lautsprechern tönt, scheint nur für mich zu sein: *Don't think too much about it.* Ich kenne das Lied nicht. Aber die Zeile kann stimmen. Das Einkaufscenter erwacht erst allmählich. Die Theken der Fleischfachläden füllen sich. Einige Bekleidungsshops haben noch geschlossen. Ich ziehe meine Handschuhe aus, um meine Hände am heißen Kaffee zu wärmen. Es gelingt nur teilweise. Die Innenflächen sind wohlig warm. Die Außenseiten klirrend kalt.

Sieben Wochen sind es jetzt schon, seit ich von der Konferenz auf Hawaii zurück bin. Die Reisekostenabrechnung habe ich in der Woche meiner Rückkehr angefertigt. Sie mahlen langsam, die Mühlen der Verwaltung. Bis jetzt habe ich meine Auslagen noch nicht erstattet bekommen. Ein Anruf verwischt alle Zerstreuung. Krankheitsfall in der Familie. Die Tochter der Sachbearbeiterin ist krank. Meine Abrechnung wird warten müssen. Jetzt bin ich in einer Zwickmühle. Natürlich verstehe ich das, habe Mitleid, teile die Sorge. Allerdings wäre es mir auch lieb, wenn sich das Geld so schnell wie möglich auf meinem Konto befände. Es ist ein schmaler Grat, den man in einer solchen Situation gehen muss. Die Auskunft, dass meine Reisekostenabrechnung bevorzugt behandelt wird,

wenn die Sachbearbeiterin wieder zurück ist, besänftigt mich.

Es ist verdächtig, was sich abspielt. Mein Chef
steht in der Tür. Er legt mir einen Zettel auf den
Tisch. Ob ich Interesse daran hätte. Ich überfliege
den Inhalt. Ich müsste Mitglied werden, sagt er.
Ich bin es schon, merke ich an. Ich teile ihm meine
Mitgliedsnummer mit. Er nimmt wortlos den Zettel vom Tisch und geht in sein Büro. Fünf Minuten
später sehe ich ihn erneut kommen. Langsam
wächst seine imposante Gestalt, als er den Gang
entlang auf mein Büro zuläuft. Ja, eine aktuelle
Publikationsliste kann ich ihm per Mail zuschik-
ken. Ich muss nur noch den letzten Konferenzbei-
trag löschen. Es handelt sich um die Konferenz in
Taiwan. Wieder einige Minuten später ruft er mich
in sein Zimmer. Mein Gedichtband? Er trägt den
Titel *Die Kathedrale in meinem Herzen.* Erschienen
im Engelsdorfer Verlag. 2009 war das. Im Mai.
Plötzlich befinde ich mich wieder in einem Vorstel-
lungsgespräch. Natürlich nahm man Bezug auf
meine Veröffentlichung. Was das Buch bedeutet,
werde ich gefragt. Ich antworte pragmatisch:
Schon immer wollte ich ein Buch schreiben. Nein,
das meine er nicht. Der Titel sei es – was bedeute
der Titel für mich? Es ist die Befürchtung aller
Dichter: Selbsterklärung. Die Gedichte handeln
meist von Rückschlägen und Niederlagen im zwischenmenschlichen Bereich. Die Kathedrale als
sakrale Stätte ist auf gewisse Art und Weise ein

Fels in der Brandung. Ein Rückzugsort, an dem man erneut Kraft schöpfen kann, um sich neuen Aufgaben zu stellen. Dann werde ich zurückgeholt. Mein Chef sagt es. Er schlägt mich für einen Förderpreis vor. Die Verleihung wird im Februar nächstes Jahr sein. Da bin ich schon lange nicht mehr hier, denke ich. Dann greift er in eine Stofftasche, zieht eine reife Banane und einen saftigen gelb-roten Apfel hervor, beißt genüsslich in den Apfel und lehnt sich zurück in seinen Sessel. Ich bedanke mich, ohne zu wissen, ob ich den Preis überhaupt bekommen werde. Er lächelt. Ich lächele. Danach drehe ich mich um und gehe ohne ein Wort zu sagen.

Eine Sekretärin verabschiedet sich in den Feierabend, obschon es erst elf Uhr morgens ist. Der Himmel ist eine einzige hellblaue Masse. Die Sonne, obwohl ich sie von meinem Fenster aus nicht direkt sehen kann, muss ein gelber Ball sein, der keine Hindernisse überwinden muss. Es ist anders als gestern. Es ist ein fröhlicher Tag. Schon heute Morgen habe ich es bemerkt. Eine heitere Leichtigkeit lag in der samtenen Dunkelheit, die langsam, nach und nach, aufhellte. Kein Geruch war in diesen Morgenstunden in der feuchten, zu kalten Luft.

Keine Post, während der Stapel eines Kollegen, der im Urlaub ist, immer größer wird.

In der Mittagspause gehe ich mit einem Kollegen schwimmen – wie oft dienstags. Ich trage eine neue Badehose, die ich im Sommerurlaub gekauft habe. Es ist eine grüne Boardshort mit großen weißen Blüten darauf. Sein Unverständnis steht ihm geradezu ins Gesicht geschrieben. Er hätte sich gerade an meine alte Badehose gewöhnt, sagte er, und die wäre auch schon schlimm gewesen. Diese aber setze dem Ganzen die Krone auf. So hässlich, stellte er mit Nachdruck fest, dass sie fast schon wieder hübsch sei. Wie so oft habe ich nicht das passende Kleingeld für den Spind. Er hilft aus, was schon ein Ritual geworden ist. Als ich ins diesmal zu warme Wasser eintauche, fallen alle Gedanken des Tages ab. Es ist fast so, als klebten sie auf mir und würden durch das Wasser weggespült. Ich öffne die Augen und merke, dass meine Schwimmbrille nicht richtig schließt. Genügend langsam, um diese Bahn sorglos zu Ende schwimmen zu können, dennoch bestimmt tritt Wasser ein. Auf dem Boden des Schwimmbeckens erkenne ich den Schmutz, der an der großen Fensterfront haftet. Dem Ganzen liegt der physikalische Effekt der Lichtbrechung zu Grunde. Es ist die Richtungsänderung einer Welle beim Übergang von einem Medium in ein anderes. Als Kind habe ich diesen Effekt schon oft beobachtet, auch wenn ich mir damals noch keinen Reim darauf machen konnte. Hinter unserem Haus hatte mein Vater einen kleinen Gartenteich angelegt, in dem einige Goldfische schwammen. Ich stand auf der kleinen hölzernen Brücke, die den einzigen Weg über den Teich markierte, und stieß einen Holzstab durch die Oberfläche. Aber der Stab war plötzlich nicht mehr so wie vorher. Auf eine komische Art war er genau ab der Wasseroberfläche abgeknickt. Es schien Zauberei im Spiel zu sein. Die Welt war voller faszinierender Geheimnisse, die nach und nach gelüftet wurden. Sei es während der Schulzeit, des Studiums oder der Promotion. Wie ich so auf den Boden des Schwimmbeckens blicke, erinnere ich mich daran, wie ich während meines Forschungsaufenthaltes in Kalifornien schwimmen war. Dort konnte man im November noch draußen schwimmen gehen, was ich sehr genoss. Auch wurden die Bahnen eingeteilt in Aqua Jogging, langsame, mittelschnelle und schnelle Schwimmer. Die Sportasse der Universität hatten natürlich die schnelle Bahn für sich. Prinzipiell, und das entspricht dem Selbstverständnis der Amerikaner, hatte sich jeder besser eingestuft als er eigentlich war. Demzufolge tummelten sich die meisten auf der mittelschnellen Bahn, was mich dazu veranlasste, auf die langsame zu wechseln. Ich hatte mir fest vorgenommen, diese Einteilung auch in Deutschland vorzuschlagen. Bis heute habe ich es nicht getan. Und werde es auch nicht mehr tun, ist die traurige Erkenntnis, die sich in meinem Kopf manifestiert, als ich ihn nach rechts drehe, um Luft zu holen, und gleichzeitig eine kreisende Bewegung mit meinem Arm ausführe. Das Programm, das ich absolviere, ist immer gleich. Ich schwimme zehn Bahnen Bruststil, zehn Bahnen Freistil und dann zehn Bahnen abwechselnd Brust- und Freistil. Daran schließen sich zwei Bahnen mit einem Schwimmbrett an, während derer ich mich nur durch Beinschlag fortbewege. Danach wiederhole ich das Ganze.

Das Mittagessen nehmen wir in der Cafeteria der Universität ein. Ich entscheide mich für ein isotonisches Getränk und ein mit Schinkenwurst belegtes Brötchen, das fade schmeckt. Zusätzlich nehme ich ein in Frischhaltefolie eingepacktes Stück Marmorkuchen als Nachtisch. Mein Kollege lässt den Kuchen weg, wird ihn sich aber später geholt haben, als wir Kaffee trinken. Er lädt mich ein und ich empfinde es als durchaus nette Geste, die mich freut.

Wenig später kommt Marie zu Besuch. Sie hatte sich nicht angekündigt und ich bin überrascht. Eigentlich hätte ich einen Termin mit einem Studenten, aber diesen verschiebe ich kurzerhand auf später. Wir gehen einen Kaffee trinken – schon wieder, denke ich – im Café schräg gegenüber. Es ist gleich hinter einer kleinen Kirche aus rotem Stein, in der jeden Freitagmittag klassische Konzerte stattfinden. Jetzt fällt es mir wieder ein, wo ich an der Kirche vorbeilaufe, dass ich schon lange einmal ein solches Konzert besuchen wollte, es aber bis heute nicht gemacht habe. Wir betreten das enge, nach Zigarettenrauch riechende Café und setzen uns an einen Tisch für vier Personen. Wie es uns geht, fragt der Kellner und wir antworten halbautomatisch gut, ohne zu wissen, ob das wirklich stimmt. Es ist so wie in den USA, wo die Frage nach dem Befinden ein ausdrucksloses Ritual ist, an das ich mich damals langsam gewöhnen musste. Einmal, daran erinnere ich mich genau, fragte mich ein Kellner mit gutgelaunter Stimme: *How are you today, Sir?* Und ich entgegnete *not so good*, was er nicht erwartet hatte. *I appreciate your honesty*, höre ich ihn antworten. Als ich es meinen Kollegen im *Lab* erzähle, lachen sie und erklären mir das Ritual. Dann holt mich eine Frage des Kellners in das enge Café zurück. Ob wir noch jemanden erwarten, wollte er wissen. Wir verneinten, was ihn dazu veranlasste, uns darauf hinzuweisen, dass das ein Tisch für vier Personen sei und wir uns an einen kleineren Tisch setzen sollten. Wir tun es wortlos, obschon der kleine Tisch eine ungünstige Lage hat und weniger bequem erscheint. Marie bestellt einen Cappuccino und ein Stück Mandelkuchen, ich einen Milchkaffee und ein Stück Käsekuchen mit Mandarinen. Schon wieder Kuchen, schießt es mir durch den Kopf. Der lapidare Satz, dass es meine letzte Woche ist, besänftigt mich ungewohnt schnell und ich genieße den Kuchen ohne Skrupel. Marie spricht über ihre Operation, über ihre Restschmerzen. Da wo der Blinddarm saß, ist alles gut verheilt. Selbst Drucktests scheinen problemlos. Allerdings auf der gegenüberliegenden Seite, da wo der Blinddarm herausgezogen wurde, hat sie noch stärkere Schmerzen. Sie klärt mich auf über die Technik des Schlüssellochschnitts, der bei ihr angewendet wurde. Der Patient wird dabei an drei Stellen aufgeschnitten. Der erste Schnitt ist in der Blinddarmgegend, der zweite auf gleicher Höhe, aber auf der anderen Seite des Bauches, und der dritte Schnitt wird in der Nähe des Bauchnabels gemacht. Ich schaue nach draußen auf die Straße und versuche meinen Blick auf etwas zu fokussieren. Es gelingt mir aber nicht. Also versuche ich die vorbeihuschenden Gestalten zu analysieren, die mir jedoch wenig Angriffsfläche bieten. Das erstaunt mich und ich frage mich allen Ernstes, ob es an mir liegen könnte. Ob ich meine Beobachtungsgabe für kurze Zeit einfach ad acta gelegt habe, weil es, ja weil es meine letzte Woche ist. Es ist ein verwirrender Gedanke und ich wische ihn aus meinem Kopf. Dann unterhalten wir uns über ihre Pläne zur Selbstständigkeit. Sie ist eine starke Frau, voller Tatendrang. Das bewundere ich an ihr. Und sie ist begeisterungsfähig. In diesem Fall fällt ihre Begeisterung ganz ihrem Schritt in die Selbstständigkeit zu und ich lasse mich ein wenig anstecken. Fast beiläufig schaue ich auf die kunstvoll verzierte Uhr an der Wand und sehe, dass es schon spät ist. Zumindest für meinen Termin mit dem Studenten. Ich muss sie unterbrechen, was ich ungern tue. Kurz besprechen wir die Möglichkeiten für das Abendessen. Dann zahle ich für uns beide und wir verlassen das Café. Ein flüchtiger Kuss beendet ihren Besuch.

Der Termin mit dem Studenten besteht in einem Probevortrag über seine Masterarbeit. Er ist zu lang, wie meistens. Der Vortragsstil könnte verbessert werden, aber ich ertappe mich dabei, wie ich diesen Aspekt verdränge. Der Student will eine persönliche Bewertung seiner gesamten Arbeit. Es ist eine heikle Frage, darüber bin ich mir bewusst. Ich suche nach Worten, nach passenden Phrasen, die nichtssagend sein sollen. Es fällt mir anfangs schwer, aber nachdem ich im Redefluss bin, sprudeln die Worte nur so aus mir heraus. Den Vorwurf, dass er viele meiner Ratschläge einfach ignoriert hat, entkräftet er mit der Tatsache, dass die Zeit knapp wurde. Eine detailliertere Analyse wäre wünschenswert gewesen, sage ich ihm. Er bestätigt meine Aussage durch ein nervöses Nicken, aber die Zeit, ja die Zeit wurde knapp. Ich erspare mir die Frage nach dem Grund für die Zeitknappheit und möchte ihm noch etwas Positives mit auf den Weg geben. Ich hatte großen Spaß, teile ich ihm mit. Noch bevor der Satz zu Ende ist, frage ich mich, ob das wirklich stimmt. Aus Sorge, die Antwort könnte negativ ausfallen, verdränge ich den Gedanken.

Auf dem Nachhauseweg fallen mir noch einige gute Ideen für das Abendessen ein. Ich freue mich auf Marie und unseren Hund und darüber, dass es diesbezüglich keine Zweifel gibt.

Mittwoch

Der Wecker klingelt um sieben. Ich öffne die Augen und starre an die Decke. Die Rollläden sind nicht ganz geschlossen und ich erkenne, dass der Morgen bereits graut. Ich schaue nach rechts wo Marie liegt und friedlich schläft. Ein leises, rhythmisches Klopfen an die Schranktür zeigt mir, dass unser Hund mein Aufwachen bemerkt hat und freudig wedelt. Ich stelle den Wecker aus und gehe ins Bad. Mein Gesicht wäre ein wenig eingefallen, hatte Marie vor ein paar Tagen zu mir gesagt, aber ich kann den Beweis dafür nicht finden, als ich mich lange im Spiegel betrachte. Das eiskalte Wasser, das ich zuvor in einer aus meinen Händen geformten Schale gesammelt habe, verscheucht die letzten Schlafgeister. Noch drei Tage, denke ich. Noch drei Tage.

Ich gehe mit dem Hund Gassi. Dass ein anderer Hund zu dieser frühen Stunde nicht zum Spielen aufgelegt ist, scheint ihn nicht weiter zu stören. Ganz im Gegenteil, eigentlich will er nach Erledigung seines Geschäftes sofort wieder in die Wohnung zurück. Der Sonnenaufgang ist wie aus dem Bilderbuch. Dem Horizont entsteigt seichtes Orange. Daran anschließend vermischt sich blasses Rosa mit schmutzigem Blaugrau. Es ist ein beeindruckendes Naturschauspiel. Die Sonne, und das ist bereits jetzt klar, würde den Kampf des Tages für sich entscheiden. Sie würde die Wolkendecke zerreißen, bis die Wolken nur noch als vereinzelte Inseln erscheinen, die wie zufällig in den Himmel platziert wurden. Dann würde es nur noch eine Frage der Zeit sein, bis sie auch diese weggespült haben wird.

Sie sieht zierlich aus, dieses Mädchen in der S-Bahn. Auch ihre Freundin, die ihren Hals in einen übergroßen Rollkragenpullover aus Wolle einge-packt hat. Ihre Stimmen allerdings klingen schrill und unterhalten ungewollt den gesamten Waggon. Als ich einsteige, ist ihre Unterhaltung bereits in Gang und ich kann nur einzelne Fetzen wahrneh-men, die ich versuche zu einem sinnvollen Ganzen zusammenzufügen. Es handelt sich um einen Flug – wohin kann ich nicht verstehen. Dann spricht die Zierliche ohne Rollkragenpullover davon, dass sie in der Schweiz einen *connection flight* hatte. Natür-lich hätte sie den auch in London haben können. Das wäre zudem noch wesentlich günstiger gewe-sen, allerdings – und das betont sie mit Nachdruck – spricht man dort ja Englisch und nicht Deutsch.

Auf meinem Schreibtisch liegt einsam ein Blatt Papier. Ich erkenne es schon von weitem und bin mir sicher, es nicht dorthin gelegt zu haben. Als ich es genauer betrachte, erkenne ich ein aufge-drucktes Maßband, das nur noch aus drei Ab-schnitten besteht, und eine Schere. Daneben liegt ein Papiertaschentuch. Es ist ein Abschiedsgruß unserer Grafikerin. Er ist ehrlich gemeint, glaube ich. Aus Sorge, es könnte nicht so sein, verdränge ich jeden weiteren Gedanken daran. Ich bedanke mich bei ihr. Ihr Lächeln wirkt heiter. Dann falle ich in den Alltagstrott zurück.

Ein Kollege hat eine E-Mail geschickt über einen Vortrag, der sich mit der Thematik der Prokrastination im Hochschulbetrieb auseinandersetzt. Viele Studierende, so heißt es, müssen oftmals noch *wichtige* E-Mails beantworten oder ihre Wohnung säubern, anstatt sich mit den Vorbereitungen auf eine Prüfung zu beschäftigen. Ich denke darüber nach, ob es mir genauso erging. Dann schaue ich auf den Termin des Vortrags: Es ist der nächste Mittwoch. Ich lösche die E-Mail.

Die Entschärfung einer Fünf-Zentner-Fliegerbombe aus dem Zweiten Weltkrieg, die bei Bauarbeiten gefunden wurde, beschäftigt die ganze Stadt. Wurde unsere Stadt beschossen, frage ich verwundert die Sekretärin. Aber natürlich, entgegnet sie. Am Ende dieser Gasse, Hausnummer 12, da sieht man noch die Bombensplitter. Später verrät sie sich und sagt, dass auch sie erst darauf aufmerksam gemacht werden musste. Eine Gefahrenzone wurde um den Fundort eingerichtet, die einen Radius von zweihundertfünfzig Meter hat. Alle Bürger, die innerhalb dieser Zone wohnen, immerhin zweitausend, wenn man der Tagespresse glauben will, werden evakuiert. Eine vorsorgliche Sperrung der Hauptverkehrsadern, die nahezu den gesamten Berufsverkehr lahmgelegt und sich in die Köpfe der Pendler gefressen hat, wurde bereits aufgehoben. Auf der Website eines Nachrichtenmagazins wird nahezu minuziös über die Vorgänge vor Ort berichtet. Stand 10 Uhr 11. Stand 12 Uhr 23. Stand 13 Uhr 17. Es sind gewollt krumme Zeitangaben, um den Leser ins Geschehen zu ziehen, ihn Teil werden zu lassen. Das was da passiert, ist keine Fiktion. Es ist so echt wie das wahre Leben, das ebenfalls nicht nur runde Zeitangaben kennt. Es ist der erbärmliche Versuch, das Geschehen real, interessant und vor allem brisant zu gestalten. Nein, nicht der Schlag des Sekundenzeigers bestimmt die Abläufe, die wie in einem Film in Zeitlupe ablaufen, um Spannung zu erzeugen. Es ist kein Hollywood-Stoff. Zumindest solange nicht, bis die Bombe explodiert. Aber das tut sie letztlich nicht.

Ich besuche die Vorlesung Wahrscheinlichkeitstheorie. Es wird die letzte Vorlesung sein, die ich besuchen werde. Ich betrete den überfüllten, stikkigen Hörsaal. Damals, als ich die Vorlesung als Student hörte, fand sie noch in einem anderen, kleineren Saal statt. Und sie begann mit der Erklärung des Ziegenproblems. Dabei handelt es sich um ein kleines Spielchen, das auch mir schon unzählige kontroverse Unterhaltungen einbrachte. Ich bin Teil einer Show. Drei Tore stehen zur Auswahl. Hinter einem Tor befindet sich der Hauptgewinn, zum Beispiel ein Auto. Die anderen beiden Tore verbergen jeweils eine Ziege. Ich ent-

scheide mich ohne langes Zögern für ein Tor –
willkürlich. Jetzt ist der Showmaster am Zug. Er
öffnet ein anderes Tor, hinter dem sich natürlich
eine Ziege versteckt. Abschließend lässt er mir die
Wahl, meine vorherige Entscheidung zu überden-
ken und mich für das andere Tor zu entscheiden –
oder nicht. Die Frage ist also folgende: Sollte ich,
nachdem der Showmaster ein Tor geöffnet hat, auf
meiner Entscheidung beharren oder das Tor wechseln? Viele, mit denen ich mich unterhalte, sind
der Meinung, dass es egal ist, ob ich das Tor
wechsle oder nicht. Sie haben Unrecht. Ich erhöhe
durchaus meine Chancen, wenn ich das Tor
wechsle. Und jetzt fängt es an, interessant zu werden. Warum, schauen mich zwei Augen fragend
an. Es gibt noch zwei Tore, die Chance ist also
fünfzig zu fünfzig. Egal ob ich wechsle oder nicht,
meine Chance auf den Hauptgewinn bleibt gleich.
Das ist nicht richtig, entgegne ich. Anfangs noch
zurückhaltend, fast zärtlich. Später wird es vehe-
menter sein. Hartnäckig. Bei einem Wechsel erhöht
sich die Chance auf zwei Drittel, also ungefähr
siebenundsechzig Prozent. Es ist ein Hin und Her.
Ich beharre, mein Gegenüber beharrt. Lösung
bringt ein Blatt Papier und ein Bleistift. Nehmen
wir an, beginne ich oberlehrerhaft, ich entscheide
mich zufällig für ein Tor, hinter dem sich eine Ziege verbirgt. Der Showmaster kann jetzt nur das
Tor mit der anderen Ziege öffnen, da er ja den
Hauptgewinn nicht preisgeben kann. Mein Gegenüber nickt. Wenn ich nun also auf meine erste

Wahl bestehe, so verliere ich. Wechsle ich aber, dann gewinne ich das Auto. Da es zwei Tore mit jeweils einer Ziege gibt, kann diese Situation zweimal auftreten. Nicken. Nehmen wir jetzt an, ich entscheide mich anfangs für den Hauptgewinn. Jetzt kann der Showmaster irgendein verbleibendes Tor öffnen. Sollte ich jetzt wechseln, dann verliere ich. Diese Situation gibt es aber nur, wenn ich bei meiner ersten Wahl den Hauptgewinne erwische. Nicken. Zusammenfassend: Es gibt zwei von drei möglichen Situationen, in denen ich durch einen Wechsel gewinne. Also steigt meine Chance auf den Hauptgewinn, wenn ich mich für das andere Tor entscheide. Erneutes Nicken. Ich weiß nicht, ob mein Gegenüber noch bei mir ist. Es ist aber nicht nur die Erinnerung an die erste Wahrscheinlichkeitsvorlesung, die sich in mir ausbreitet, sondern auch die Erinnerung an eine Deutschlektüre in der zwölften Klasse. Wir lesen *Homo Faber* von Max Frisch und es sind seine Worte, die jetzt in meinem Kopf klingen. Wenn wir von Wahrscheinlichkeit sprechen, so beinhaltet dies immer auch den Begriff des Unwahrscheinlichen. Es hat nichts mit Mystik oder Zauberei zu tun, sollte das Unwahrscheinliche eintreten. Alle in der Klasse hassen die Lektüre. Ich nicht. Für mich ist sie viel mehr als eine Pflichtlektüre. Sie ist – und das sollte ich erst einige Zeit später merken – mein Zugang zur Literatur. Jetzt fange ich an Literatur zu lesen. *Unterm Rad* von Hermann Hesse zum Beispiel. Sehr viele Kurzgeschichten und vieles von

Hemingway und Bukowski. Natürlich hat sich seitdem vieles verändert. Ich lese jetzt viele Autoren, die ich damals noch nicht kenne. Und manche, die ich damals als durchaus lesenswert einstufe, finde ich nun schrecklich langweilig. Martin Walser bewundere ich immer noch sehr. Schon damals bewundere ich ihn, weil mein Deutschlehrer es tut, ohne zu wissen, ob er wirklich bewundernswert ist. Was ist ein Ereignis, schallt es durch den Raum. Der Professor setzt ein verräterisches Grinsen auf. Wenn ein Flugzeug sicher startet, fährt er fort, dann ist das für Sie – er zeigt in die Menge der Zuhörer – sicherlich kein Ereignis. Er betont ausdrucksstark das letzte Wort: Ereignis. Stürzt jedoch ein Flugzeug ab, dann ist es eines. Deshalb sind auch die Nachrichtensendungen voll von solchen tragischen Ereignissen. Wieder betont er es auf unnatürliche Weise, indem er seine Stimme anhebt und seinen Kopf nachdrücklich nach vorne streckt. In der Wahrscheinlichkeitstheorie ist das aber nicht die Definition eines Ereignisses. Es geht weiter mit Zufallsexperimenten und Randbedingungen, relativen Häufigkeiten und Würfeln (wieder *Homo Faber*). Es kommt wie aus heiterem Himmel. Ein Schrei fährt in alle Glieder. Sie da im blauen Hemd! Habe ich mich unklar ausgedrückt? Die Scham schießt dem Studenten rot ins Gesicht. Der Rest schmunzelt – auch ich. Es ist eine kollektive Schadenfreude, in die es sich gut eintauchen lässt. Der Raum verstummt. Die direkte Anrede zeigt Wirkung. Als passiver Betrachter ist es amüsant. Irgendwo klingelt ein Mobiltelefon. Der Blick des Professors durchforstet den Hörsaal. Die Frage eines Studenten spiegelt die ehrfürchtige Zurückhaltung wider: Muss es in ihrer Gleichung nicht sechzehn heißen? Natürlich muss es das. Es ist ein Schreibfehler. Der Student weiß es, aber er sagt nicht: Es muss sechzehn sein. Ist es die Unnahbarkeit des Professors für einen Studenten im dritten Semester? Ist es pure Höflichkeit? Respekt oder Ehrfurcht? Für die Definition des Wahrscheinlichkeitsbegriffes von Laplace, die ohnehin unzureichend ist, ist an der Tafel kein Platz mehr. Der Geräuschpegel wächst an, als der Professor den unförmigen Schwamm in einen Eimer Wasser eintaucht. Langsam und gewissenhaft wischt er seine Handschrift weg. Einige verlassen den Hörsaal, als der Professor der Menge den Rücken zukehrt. Respekt oder Ehrfurcht? Warum ist niemand gegangen, als der Professor noch in die Menge sah? Der Hinweis darauf, dass der Professor *Two and a half men* ansieht, kommt gut an und bringt Ruhe in den Hörsaal. Die Urnen der Wahrscheinlichkeit enthalten keine Asche, sondern Kugeln unterschiedlicher Farben. In *Schweigeminute* von Siegfried Lenz enthielt die Urne Asche, und zwar die der Englischlehrerin Stella Petersen, denke ich. Er fährt fort in gleichem Trott. Draußen wehen bunte Blätter im Wind. Leichtfüßig tanzen sie zum Gesang des Windes, den man von hier aus nur erahnen kann. Die meisten Bäume tragen Gelb und ich frage mich ernsthaft, wie diese Bäume wohl im Sommer aussehen mögen. Eine vorbeilaufende Frau hält ihre Kapuze fest. Ihre Bluejeans hat sie in ihre Stiefel gesteckt, so wie es Mode ist. Sie läuft wegwärts und wird kleiner mit jedem Schritt, wie ein Flugzeug nach dem Start. Und dann ist sie da, diese Melodie des Songs, den ich heute Morgen erst gehört habe. Und damit auch diese Textzeilen, die voller Erinnerung sind. Auch ich war einmal jung. Auch ich habe einmal in einer Band gespielt. Und auch ich wollte die Welt in Brand stecken. Ich erinnere mich an unsere erste Probe, damals im Sommer siebenundneunzig. Wir proben auf dem Dachboden meiner Eltern. Es ist ein unnachgiebiger Sommer und dieser Tag einer der heißesten. *Evil hot* hat unser Schlagzeuger auf die Snare Drum geschrieben und später sollte uns dieses Bild immer wieder zurückversetzen in diesen Sommer, in dem wir so große Pläne schmieden. Der erste Auftritt folgt vier Monate später. Es ist der erste Weihnachtsfeiertag. Wir sind nur geringfügig aufgeregt. Danach denken wir Großes verrichtet zu haben und fühlen uns bestätigt. Jahre später erst sollten wir das erkennen, was wir nicht wahrhaben wollten und ständig verdrängten: Wir waren nie *eine* Band. Diese traurige Erkenntnis wiegt schwer. Wofür das Ganze? Was bleibt am Ende übrig von diesem Traumkonstrukt, das meine Jahre als Teenager bestimmte. Was haben sie gebracht, all diese Bands, die wir verehrten, denen wir nacheiferten, die uns leiteten? Warum haben wir uns so lange Jahre an diesen seidendünnen Traum geklammert, obwohl wir doch wussten, was passieren würde? War es die Unfähigkeit, klare Entscheidungen zu treffen? War es kollektives Unvermögen? Fehlende Einsicht? Unterm Strich bleiben viele Erinnerungen an Momente, die nicht vielen beschienen sind. Aber waren diese Erinnerungen es wert? Sind die Geschichten, die wir noch heute gerne erzählen, wirklich so kostbar? Oder war alles verschwendete Zeit? Oder ist das, was mich traurig stimmt, nicht viel mehr die Erkenntnis, große Chancen ausgelassen zu haben?

Während der Klausureinsicht, die den ganzen Nachmittag beanspruchen wird, unterhalten sich Kollegen über ein Theaterstück, das sie nächste Woche besuchen wollen. Ich bin nicht Teil der Diskussion, stehe abseits. Es ist das Gefühl, ausgegrenzt, kein vollwertiges Mitglied der Gemeinschaft mehr zu sein. Das Zeichen der Zeit kommt nicht zu früh, das weiß ich. Allerdings ist es ungewohnt und unerwartet dumpf. Der Kaffee schmeckt merkwürdig, als ich mich hinter der Tasse verstecke und so tue, als ob ich das Gespräch nicht verfolge.

Als ich das Institut als Letzter an diesem Tag verlasse, ist es bereits dunkel. Die Nacht hat ihren schwarzen Mantel über die Erde gestülpt. Der Mond liegt schläfrig in den Wolken wie ein Säugling in den Armen seiner Mutter. Wie ich in der S-Bahn sitze, fühle ich mich unwohl. Die Menschen um mich herum verschwimmen zu einer bunten

Masse und ihre Gespräche zu einem unverständlichen, wirren Brei. Dann, für einen kurzen Augenblick, schwebe ich durch den Waggon. Ich hebe mich ab von der Masse und werde zum passiven Beobachter. Alles was ich jetzt sehe und wahrnehme, kann ich nicht beeinflussen. Ich kann nichts ändern von dem was geschieht. Tatenlos bin ich zum Zuschauen verdammt. Mein Arme und Beine wedeln synchron und halten meinen Körper im Gleichgewicht, damit ich nicht abstürze. Kurz bevor ich am Ende des Waggons ankomme und meinen Kopf anschlage, öffne ich die Augen. Als ich wieder zu mir komme, steht eine Mädchengruppe im Gang neben mir. Sie unterhalten sich über das letzte Wochenende und Jungs. Sie dürften so dreizehn oder vierzehn sein, denke ich. Direkt gegenüber sitzt ein Farbiger mit einer beigefarbenen Tüte von *McDonald's*. Der Geruch von Bratfett liegt in der Luft. Dann steigt ein dicker Mann zu. Er hat silbernes Haar und eine wohlgeformte Nase. Die Augen wirken verbissen, passen aber in sein Gesicht. Die Frau neben mir bietet ihm einen Sitzplatz an. Er lehnt dankend ab. Als kurz darauf die S-Bahn scharf bremst, wünscht er sich insgeheim, er hätte es nicht getan – da bin ich mir sicher. Mit großer Mühe kann er seinen Körper noch abfangen und hängt halb hilflos, halb ungestüm an einer metallen schimmernden Stange. Er beschwert sich lautstark über den Fahrer. Die S-Bahn wäre schon die ganze Zeit unruhig gewesen, hätte geschaukelt. Und dann dieses ruckartige Bremsen. Er hat keine

Mühe Zustimmung zu finden. Ich lehne mich zurück in den Sitz und schließe die Augen. Schweben allerdings gelingt mir nicht mehr.

Donnerstag

Die Fahrt zum Arzt gestaltet sich unangenehmer als erwartet. Mein Termin ist um acht, und obwohl ich rechtzeitig losfahre, wird es knapp. Ich starre auf die rote Ampel. Der Radiomoderator ist wesentlich wacher als ich, als er den nächsten Song ankündigt. Eher bin ich gewillt, das Autoradio bei voller Fahrt aus dem Fenster zu werfen, als mich von seiner guten Laune anstecken zu lassen. Aber noch stehe ich ja. Dann breitet sich *I will survive* in der Originalversion von Gloria Gaynor aus dem Jahr neunzehnhundertachtundsiebzig im Innenraum meines Wagens aus. Ein Song für die Ewigkeit. Ein Song, der einfach nicht totzukriegen ist. Nach kurzer Fahrt stelle ich den Wagen unter einer massigen Betonbrücke ab. Es ist eines der wenigen Male, wo dieser Ort mir das Gefühl gibt in einer Großstadt zu sein. Ich steige aus. Das Zuschlagen der Tür hallt von den kräftigen Brückenpfeilern zurück. Plötzlich sehe ich mich den Chicago River überqueren und die North Michigan Avenue entlanglaufen. Im *Hershey Store*, in dem ich ein Souvenir kaufe, der zu süße Geruch von geschmolzener Schokolade und kandiertem Zucker.

Ich biege rechts ab, den Stadtplan fest mit meinen beiden Händen festhaltend, obwohl es nicht unbedingt nötig wäre, denn das Wetter ist sonnig und windstill, und manövriere auf das *Museum of Contemporary Art* zu. Es ist die East Pearson Street. Später werde ich die North Michigan Avenue weiterlaufen bis zum *Drake Hotel*. Das *Hancock Center* besuche ich nur kurz und vermeide es, auf die Aussichtsplattform zu gehen, weil mir der Eintritt zu teuer ist. Als ich in einem kleinen Park, wieder etwas später, eine Pizza esse, bevor ich das *History Museum* besuche, werde ich durch aufdringliche Eichhörnchen bedrängt. Zumindest glaube ich, dass es welche sind. Es ist eine friedliche Woche im August, die mit einem kostenlosen klassischen Konzert im *Millennium Park* endet. Als ich in Deutschland ankomme, stelle ich fest, dass ich von Natalie verlassen wurde und die Wände meines Zimmers geschrumpft sind. Ich ahne es schon, als ich – noch in Chicago – eine E-Mail von ihr bekomme, in der steht, dass sie für einige Tage nicht erreichbar sein wird und bei einer Freundin übernachtet, die ich nur flüchtig kenne, weil sie Abstand zum Nachdenken bräuchte. Etwas komisch ist das schon, fällt es mir nachher ein. Als ob zwanzig Kilometer mehr oder weniger einen großen Unterschied ausmachen würden, wo ich doch in Chicago festsitze für weitere zwei Tage. Ich erreiche sie wirklich nicht, auch nicht telefonisch. Nachdem ich es viermal versucht habe, stellt sie ihr Mobiltelefon ab. E-Mails beantwortet sie nicht.

Wie ich im Fitness-Studio des Hotels trainiere, lasse ich mein Telefon nicht aus den Augen, obwohl es in Deutschland auf Grund der Zeitumstellung finsterste Nacht ist. Ich frage mich, nachdem ich kräftig vor Wut in die Pedale des Fahrradergometers trete, weshalb ich es beobachte und was ich wohl erwarte. Es ist absurd und unpassend. Ihr Bild verschwimmt durch den auftretenden Schweiß, der meine Wangen entlangläuft und salzig schmeckt, als ich einen Tropfen mit meiner Zunge wegwische. Ich bin gestählt wie schon lange nicht mehr – und allein.

Jetzt kneife ich die Augen zusammen, um die Klingelschilder besser lesen zu können. Der Eingang zum Ärztehaus ist eine Querstraße weiter vorne, leitet mich ein junger Mann an, der gerade in das Gebäude geht. Ich erledige die Formalien und setze mich in das Wartezimmer. Die Frau Doktor hat gleich für Sie Zeit, werde ich vertröstet. Dabei habe ich einen Termin um acht Uhr und bin pünktlich. Wie viele Termine kann es wohl vorher gegeben haben? Ich lese eine Zeitschrift, in der ein Artikel über Jimmy Carter und Helmut Schmidt abgedruckt ist. Er ist zu kurz, um meine gesamte Wartezeit zu überbrücken. Gelangweilt blättere ich durch die Zeitschrift auf der Suche nach etwas Interessantem, das ich nicht finde. Warum sitze ich hier? Es geht mir gut. Ich habe keinerlei Beschwerden. Eine Kontrolluntersuchung sollte schnell gehen, denke ich mir. Ich sollte mich täuschen. Als ich in das Zimmer der Ärztin gerufen werde, knöpft sie gerade den obersten Knopf ihres weißen Kittels zu. Ich schaue mich um. Der Raum ist nahezu quadratisch. Gleich neben der Tür steht eine Liege, auf der ein Papierhandtuch abgelegt ist. Links an der Wand steht ein großes weißes Regal, das eher funktional als elegant ist. Darin stehen einige Ordner und Bücher. Rote Liste 2009. Rote Liste 2010. Neben dem Regal steht auf dem Boden ein schwarzes Paar Motorradstiefel. Ob sie denn Motorrad führe, frage ich die Ärztin mit neugierigen Augen. Gleichzeit frage ich mich selbst, ob ich ihr das überhaupt zutraue. Sie lächelt zart und schüttelt sanft den Kopf, als sie meine Frage verneint. Ja, schon oft wäre sie darauf angesprochen worden. Aber zu gefährlich das Ganze. Viel zu gefährlich. Der Schreibtisch steht im hinteren Drittel des Zimmers nahe einem großen Fenster, durch das man auf eine Autobrücke sieht. Der Ausblick ist weniger aufregend als erhofft, also untersuche ich die Wände. Sie sind langweilig, wie der Großteil des Zimmers. Einzig ein Nachdruck von van Goghs *Caféterrasse am Abend* hängt schief an der Wand und schafft Abwechslung. Das kräftige Gelb und das eindrucksstarke Blau des Sternenhimmels wirken jedoch deplaziert, so wie viele Nachdrucke berühmter Künstler in Arztpraxen oder auf Krankenhausfluren. Ihren Blutdruck, Größe und Gewicht haben wir bereits aufgenommen, fragt die Ärztin mit spitzem Mund und schaut dabei über den Rand ihrer Brille. Ich nicke. Wie sieht es mit

Krankheitsfällen in ihrer Familie aus? Leiden Sie unter einer chronischen Erkrankung? Nehmen Sie Medikamente ein? Langsam dringt es durch eine anfänglich schemenhafte Vorahnung, dass dieser Arztbesuch länger dauern wird als erwartet und dafür sorgt, dass ich meinen ersten Termin am Institut nicht wahrnehmen kann. Die Frage, die plötzlich im Raum steht, verlangt höchste Aufmerksamkeit. Wie viel gebe ich wirklich von mir preis? Möchte ich Details über diesen Arztbesuch beschreiben, die über die Einrichtung des Arztzimmers hinausgehen?

Zwei Stunden später, nachdem ich noch einmal zuhause gewesen bin, stehe ich im *Starbucks* am Tresen und schaue die Getränkekarte an, die schräg oben über einem Spiegel angebracht ist. Es ist mehr ein Ritual, denn schon bevor ich überhaupt das Café betrete, weiß ich, dass ich einen Milchkaffee nehmen werde. Auch die Größe kenne ich schon vorher – *Grande*. Nach kurzem, theatralischem Überlegen gebe ich meine Bestellung auf. Die Bedienung ist klein und zierlich und lispelt, als sie meine Bestellung wiederholt und gleichzeitig in den Computer eintippt. Ihr aschblondes Haar ist mädchenhaft zu einem Pferdeschwanz zusammengebunden und es wirkt unangebracht. Ich zahle und durchstöbere – während ich auf meinen Milchkaffee warte – ein kleines Bücherregal, das nichts Interessantes beinhaltet. Dann gehe ich in die Kälte zurück und höre jemanden fluchen, der gerade die S-Bahn verpasst hat. Die Luft riecht nach Alltag, Gehetztsein und Stress. Plötzlich stehe ich vor dem Eingang des Instituts. Wie ich hierher komme, weiß ich nicht. Ich starre auf den nur noch halb gefüllten Pappbecher in meiner Hand. Er ist noch warm und fühlt sich gut an. Ich schiebe die Holztür auf. Links an der Wand der Aushang für Bachelor- und Masterarbeiten. Schon lange hängen keine Arbeiten von mir mehr hier. Und überhaupt, so wie ich diese Wand anschaue, die zugepflastert ist mit Papier wie eine gefüllte Gans zu *Thanksgiving*, ist es nichts Besonderes.

Ich habe meine Privatpost von zuhause mitgebracht. So habe ich wenigstens etwas Sinnvolles zu tun. Es ist ein Brief eines Verlages dabei, an den ich erst kürzlich ein Manuskript geschickt habe. Es ist ein kleiner Brief, was ich eher als negatives Zeichen deute. Der Verlag bedankt sich für die Einsendung meines Manuskriptes und die interessante Leseprobe. Dann stellt er sein Programm vor, nicht ohne zu betonen, dass die Risiken einer Markteinführung und das eventuelle Einbringen von Drittmitteln berücksichtigt werden müssen. Eine erste Lektoratsprüfung für das eingereichte Manuskript sei positiv ausgefallen. Eine endgültige Entscheidung stehe noch aus. Die Arbeit könnte erleichtert werden, wenn ich den beiliegenden Fragebogen – natürlich findet er sich auch online – ausfülle:

1. Gab es für Sie einen konkreten Anlass, dieses Buch zu schreiben? Wenn ja, welchen?
2. Besitzt Ihr Werk eine Botschaft? Wenn ja, welche?
3. Wie lange sind Sie bereits als Schriftsteller tätig?
4. Verfügen Sie über weitere Manuskripte? Wenn ja, welcher Art (Lyrik, Prosa, …)?
5. Wie sollte Ihr Buch nach Fertigstellung aussehen?
6. Möchten Sie gerne mit einem Lektor persönlich über Ihr Manuskript sprechen?
7. Wünschen Sie sich den Erhalt eines Literaturpreises?
8. Können Sie es sich vorstellen, auf Messen öffentlich aus Ihrem Werk zu lesen?
9. Haben Sie Erfahrungen mit literarischen Lesungen? Wenn ja, welcher Art?
10. Wie wurden Sie auf unseren Verlag aufmerksam?

Die Fachzeitschrift, die ich eigentlich dienstags oder mittwochs erwartet habe, liegt heute in der Post. Ich reiße die Plastikhülle auf, die sie umgibt, schaue mir das Titelblatt an und schmeiße beides – ohne auch nur einen ernsthaften Gedanken daran zu verschwenden, die Zeitschrift zu lesen – in den Mülleimer. Dann noch ein Brief der Verwaltung über Rabatte beim Kauf von Fahrkarten. Ein wenig befremdlich ist es schon, meinen neuen akademischen Grad in der Anschrift zu finden: Dr.-Ing. Es passiert noch nicht oft, aber immer häufiger. Ich gewöhne mich langsam daran und glaube, dass ich mich dadurch von der Masse der Promovierten abhebe. Benötigt man eine Eingewöhnungsphase, um sich mit akademischem Grad ansprechen zu lassen?

Der Hinweis der Sekretärin ist freundlich, aber bestimmend. Zwei Schlüssel seien noch abzugeben, und da sie morgen nicht im Hause sein werde, solle ich doch daran denken und es unter allen Umständen nicht vergessen. Ich bestätige die Wichtigkeit ihrer Aussage mit einem zustimmenden Nicken. Dann benötigt sie das Passwort für den Telesekretär. Ich sage es ihr. Das Passwort für das Telefon. Das Telefon hat ein Passwort, frage ich überrascht. Natürlich, klärt sie mich auf, ich hätte es zu Beginn meiner Tätigkeit am Institut bekommen. Ich tue so, als denke ich angestrengt nach, obschon mir von Anfang an klar war, dass es mir nicht einfallen wird. Nach einigen Sekunden empfehle ich ihr, den Apparat einfach zurücksetzen zu lassen. Es wäre nicht das erste Mal, dass jemand das Passwort für das Telefon vergisst, beruhigt sie mich mit einem zusätzlichen Schmunzeln.

In meinem Kopf reift das Vorhaben, einen Ausstand zu geben, das ich verdränge, als ich sehe, was noch zu tun ist und wie gering meine restliche Motivation ist. Später – das wusste ich zu diesem

Zeitpunkt noch nicht – werde ich mich trotzdem dazu entschließen und lade alle durch eine E-Mail ein. Ein Anlass, der nicht näher erläutert werden muss, sei ausschlaggebend dafür, dass es morgen süße Teilchen vom Bäcker geben werde.

Plötzlich ein Aufschrei aus dem Sekretariat. Der Strom ist ausgefallen. Helle Aufregung beherrscht den Flur. Ich denke an Kollegen, die gerade am Rechner arbeiten, und lehne mich entspannt zurück. Die Frage steht unbeantwortet im Raum: Was ist der Grund? Was ist die Ursache für den Stromausfall? Sind Handwerker im Haus, frage ich mich und stelle fest, dass ich ungenügend über die Vorgänge am Institut informiert bin. Liegt es an den Bauarbeiten der Straßenbahngesellschaft? Das anfängliche Durcheinander wird durch eine gewisse Ohnmacht verdrängt, als im Moment eines Wimpernschlags die Leuchtstoffröhren an der geweißelten Decke zu flackern beginnen. Erleichtertes Aufatmen durchströmt die Gänge, nachdem uns die Abhängigkeit von technischen Errungenschaften so deutlich vor Augen geführt wurde, um sie im darauffolgenden Augenblick sofort wieder zu verdrängen.

Dass eine Sekretärin fünf Jahre in Texas gelebt hat, erfahre ich erst heute, an meinem vorletzten Tag. Der Grund bleibt mir jedoch verborgen.

Das Foto, das davon zeugt, dass ich hier am Institut promoviert habe, ist schrecklich. Ich habe mich bisher als eine Person gesehen, die nicht unfotogen ist. Jetzt muss das alles in Frage gestellt werden. Die Augen gerötet und verquollen, das Lächeln müde verzerrt, die Falten um die Augen zu deutlich. Das Haar zu kraus und außerdem die Geheimratsecken zu gut sichtbar. Die Brille sitzt schief und reflektiert das Licht, das durch das gegenüberliegende Fenster mein Gesicht bestrahlt, auf unvorteilhafte Weise. Einige Bartstoppeln geben kund, dass ich mich am Morgen nicht rasiert habe. Das Hemd und die Krawatte schnell übergeworfen. Das schwarze T-Shirt der Band *My Chemical Romance* gut erkennbar – zumindest für mich. Ich tausche das Foto mit dem meiner Bewerbungen aus, dass ich in der Mittagspause im Drogeriemarkt um die Ecke habe ausdrucken lassen. 13 x 18, wie mein Chef verlangte. Es zeigt eine motivierte, selbstbewusst auftretende Persönlichkeit, in deren Augen ersichtlich wird, dass sie sich einiges vorgenommen hat für die Zukunft.

Ich sitze vor meinem Computer und surfe im Internet, das für mich seinen Reiz verloren hat. Die Zeit tut das, was sie schon immer tat. Sie vergeht und lässt die Ereignisse an einem vorbeifließen. Manchmal wirft man die Angel aus und dann fängt man etwas, was sich eingräbt in unsere Erinnerungen. Es ist eine bemerkenswerte Tatsache, dass man sich an bestimmte Vorgänge ganz genau erinnern kann, andere jedoch verschwimmen oder gänzlich verlorengehen. Ich habe eine sehr starke Erinnerung an ein Ereignis aus der dritten Klasse. Jemand hat einen Tennisball mitgebracht und wir versuchen uns im Klassenzimmer gegenseitig abzuwerfen. Wir stellen eine Regel auf: Wer dreimal getroffen wird, scheidet aus. Jörg steht an der Tafel, der Ball wiegt leicht in seiner rechten Hand. Er blinzelt mir zu und hebt die Winkel seines Mundes ein Stück an. Dann wirken seine Augen verkniffen. Sie fixieren mich wie durch die Kimme eines Gewehres. Wie in Zeitlupe sehe ich den Ball durch die Luft auf mich zurasen. Mein Haar stellt sich kurz auf, als ich meinen Kopf ducke, um mich hinter einem Tisch in Sicherheit zu bringen. Alles, was ich anschließend vernehme, ist ein dumpfes Geräusch – der Aufprall meines Kopfes auf den harten, lackierten Holzstuhl. Meine Lippe platzt auf, als sich die obere, vordere Schneidezahnreihe in das Fleisch bohrt. Ich spucke das Blut in meine rechte Hand. Die Lippe schwillt fast augenblicklich an. Mit Bangen schaue ich auf die Uhr. Die Pause dauert noch vier Minuten. Danach steht Rechnen auf dem Stundenplan. Ich strenge mich an normal zu klingen, als ich die Hausaufgaben vorlesen soll. Dem Lehrer scheint nichts Ungewöhnliches aufzufallen. Zumindest sagt er nichts. Ich gewillt, mir die Schmerzen nicht anmerken zu lassen. Als ich daheim durch die Tür gehe, fällt alle Anspannung von mir ab.

Wieder steht mein Chef in der Tür. Die Ursache dafür, dass es so oft passiert in dieser Woche – zumindest häufiger als sonst – bleibt mir verborgen. Dass er dann über krumme Nasen reden will, greife ich freudig auf. Warum denn nicht, denke ich. Obschon es merkwürdig erscheint. Er verlagert sein Gewicht auf das linke Bein, atmet unnatürlich tief ein, um genügend Luft für einen kunstvoll verschachtelten Satz zu haben. Auch ich habe eine krumme Nase, stimme ich ein. Ein Fußballspiel. Ich erinnere mich genau. Die Saison ist vorüber und es bleiben noch einige unbedeutende Turniere und Sportfeste vor der Sommerpause. Trocken und staubig ist der Strafraum, der mein Reich ist, das ich beherrschen soll. Meine Schuhe sind geputzt, aber viel zu eng. Ich freue mich darauf, sie ausziehen zu können und eine kalte Dusche zu nehmen, als dieser Steilpass gespielt wird. Es ist ein guter Pass, in die Tiefe des Raumes. Der Stürmer erahnt ihn und passt seinen Laufweg an. Es ist komisch. Obwohl von außen alles in Echtzeit abläuft, erscheint es den Beteiligten wie Zeitlupe. Ich lege mich quer, um den Ball abzufangen. Es sind nur Bruchteile von Sekunden, die der Stürmer zu spät kommt. Ich vergrabe den Ball in meinen Armen. Als nächstes spüre ich, wie etwas meinen Kopf nach hinten drückt. Nicht sanft und stetig, nein kurz und ruckartig ist die Kraft. Erst als alles für mich auch wieder in Echtzeit abläuft und einige meiner Mitspieler fragen, ob alles in Ordnung sei, schmecke ich den sonderbar süßen Geschmack von Blut. Mit dem Schlucken kommt auch der Schmerz und der Wunsch, dass alles wieder in Zeitlupe abliefe. Aber das tut es nicht. Die Zeit vergeht. Und sie vergeht zu schnell in diesem

Moment. Der Schmerz ist jetzt deutlich spürbar.
Ich schaffe es noch nicht, wieder aufzustehen. Ein
Mitspieler dreht sich zur Außenlinie und kreist
seine Arme gegeneinander. Es ist das Zeichen für
eine Auswechslung. Ich bin wie benommen, als
man mich vom Platz führt. Warum aber, warum
vergeht dann die Zeit so schnell? Das alles denke
ich mir, während mein Chef über etwas referiert,
das ich jetzt nicht mehr wieder geben kann, und
sein Gewicht bestimmt schon drei- oder viermal
auf das andere Bein verlagert hat. Er würde sich
nie die Haare färben lassen, leitet mein Chef ein
neues Thema ein, und ich stelle ihn mir vor, sein
silbernes Haar ausgetauscht gegen sattes Schwarz.
Es wirkt unangemessen jugendlich. Dann verschwindet er ohne Abschiedsformel. Nur am Ende
des Flures sehe ich sein silbernes Haar als Insel im
Rhythmus seines Gangs sich auf und ab bewegen.

Eine Fahrt wie durch eine Bilderbuchlandschaft.
Die Hügel aufwärts, abwärts ins Tal. Die Wiesen
saftig und grün und voller Leben. Anders als jetzt,
wo sie braun werden – mit jedem Tag ein bisschen
mehr. Ein Baum hat fast vollständig sein Blätter-
kleid verloren. Splitternackt steht er da voller
Scham. Seine schwarzen Knochen zeichnen sich
deutlich ab gegen den sanften blauen Horizont.

Konrad verabschiedet sich. Er hat morgen Urlaub, betont er kräftig, fast ein wenig schadenfroh,
und möchte noch alles Gute für die Zukunft wünschen. Wo es jetzt hingeht, fragt er, obwohl ich
daran zweifle, dass es ihn wirklich interessiert,

und noch weitere Fragen, die ich in letzter Zeit schon oft, zu oft beantwortet habe. Dann geht er. Seine Figur wird kleiner wie Flugzeuge nach dem Start. Wieder einmal Flugzeuge. Nur verschwindet er nicht irgendwo im Unendlichen, sondern biegt rechts ab und läuft die Treppe hinunter. Es wird das letzte Mal sein, dass ich ihn sehe. Angestrengt suche ich nach Konstellationen, die unsere Wege wieder einmal kreuzen lassen würden, aber verwerfe sie, weil sie zu gewagt sind.

Die letzten zwei Vorträge. Zuerst trägt eine pummelige Spanierin vor, die normal gekleidet ist in Bluejeans und Pullover. Sie spricht zur Wand, was sich nicht gehört, mir aber egal ist. Ich schaue nach links durch das Fenster auf die stummen Dächer der Stadt. Im Hintergrund breitet sich der Himmel als flaches Grau aus. Der Zeiger der Turmuhr bewegt sich kaum. Ich bin nur körperlich anwesend. Es ist nicht einmal so, dass die Worte zum einen Ohr hinein und zum anderen heraus kommen. Sie dringen nicht einmal bis zu meinen Ohren vor. Fast ist es so, als baue ich ein unsichtbares Schutzschild um mich herum auf, dass mich unnahbar macht. Bei einem erneuten Blick zur Uhr finde ich Bestätigung dafür, dass die Zeit nicht vergeht. Der zweite Vortrag wird von einem Studenten gehalten, dessen Hemd ein bisschen spannt. Ich zähle die Streifen auf dem Hemd des Kollegen vor mir. Einzig ein tanzender roter Punkt auf der Leinwand stört meine Ruhe. Es ist der Aufschlagpunkt des Laserpointers. Ein Wort holt mich

aus meiner Lethargie zurück: normalisiert. Es ist
ein Übersetzungsfehler aus dem Englischen. Vielen Studierenden passiert er. Sie übersetzen *to
normalize* nicht mit normieren, wie es richtig wäre.
Es ist nur ein kurzes Aufflackern meiner Aufmerksamkeit. Anschließend falle ich zurück in Passivität. Meine Kapuzenjacke, die zerwühlt vor mir auf
dem Tisch liegt, ist mein Ankerpunkt. Die Ärmel
sind zerfranst. Es liegt nicht am Geld, ich könnte
mir schon eine neue Kapuzenjacke leisten. Allein
ich mag *genau diese* Jacke so sehr. Beim siebzehn
Uhr Schlag der Turmuhr ziehe ich den Reißverschluss meines Rucksackes zu und verlasse das
Institut.

Freitag

Der letzte Tag. Müde kommt der Tag in Gang. Der Mond sickert durch die Häuserschluchten. Die S-Bahn voller fremder Gesichter. Es gelingt mir nicht, die Augen zu schließen. Erst nach einigem Suchen finde ich den Grund dafür. Es ist eine junge Frau. Sie steht im Gang und hält sich mit zarten Fingern an der Stange über ihrem Kopf fest, damit sie nicht umfällt. Ihre Fingernägel sind mit tiefem Rot lackiert. Ihre Haare sind kurz geschnitten und mit etwas Haarlack struppig durcheinandergewirbelt worden, was sie jungenhaft erscheinen lässt. Sie unterhält sich mit einem älteren Mann, der auf Grund seines Übergewichtes seine Jacke nicht schließen kann und nur einsilbige Antworten gibt. Er trägt eine runde Hornbrille, die sein Gesicht intelligent macht. Meist bestätigt er die Frau und ich frage mich, wieso er das kann. Oder er zeigt sich künstlich überrascht, zu künstlich, indem er »Ach« oder »Nein« oder »Was« in erregtem Ton von sich gibt. Will sie, dass man ihr zuhört? Möchte sie, dass der gesamte Waggon darüber Bescheid weiß, dass sie ihre Augen hat lasern lassen. Irgendwo, das kann ich nicht verstehen. Aber weit weg, so viel steht fest, denn sie sagt etwas von einem Flug und einer Landung und einer Taxifahrt ins Hotel. Das Geltungsbedürfnis mancher Menschen ist für mich schwer nachzuvollziehen. Weshalb sollte sie den Drang verspüren, wildfremden Menschen so etwas Persönliches und Intimes mitzuteilen? Und wenn sie es nicht möchte, wieso spricht sie dann so laut, dass andere gar nicht anders können als zuzuhören? Ist es ihr nicht bewusst? Es ist eine geringe Distanz, die sie aufbaut zu ihrer Umgebung. Aber das alles geschieht nur ihretwegen. Ihre Geschichte dringt in mich ein, wird ein Teil von mir. Fortan werden sie immer bei mir sein, diese Frau mit ihrer Geschichte und der dicke Mann, der ihr zuhört. Genau da, wo ich jetzt stehe, stehe ich auch wegen ihnen. Wie viele Menschen sind schon ein Teil von mir, haben mich geformt – gewollt oder ungewollt. Bin ich das, was ich sein will? Oder werde ich durch andere jeden Tag zu dem, was ich letztlich bin? Bin ich mein eigener Herr; liegt mein Schicksal in meinen eigenen Händen? Gibt es eine Rettung davor?

Jetzt wo ich sie noch einmal lese, muss ich es zugeben, dass sie missverständlich war, meine Einladung, die ich am Vortag per E-Mail verschickt habe. »Liebe Kollegen und andere« heißt es in der Anrede. Natürlich meine ich mit »andere« nicht die unliebsamen Kollegen, sondern das technische Personal und unsere Sekretärinnen. Konrad geht per E-Mail von zuhause darauf ein:

Mensch,

wie soll ich denn nun deine gestrige E-Mail wieder verstehen? Natürlich gibt es liebe Kollegen und andere. Es gibt auch liebe Kolleginnen – und wahrscheinlich auch da andere.

Und überhaupt, *who the fuck is Geronimo?*

Gruß

Konrad

P.S: Zugegeben, es ist nur eine Ahnung. Aber ich nehme mal an, dass Geronimo in diesem Fall kein Fußballer ist, sondern der Altar in der Kathedrale deines Herzens. Gibt es eigentlich gravierende Änderungen deiner familiären Verhältnisse? Wie dem auch sei, *damn the torpedos and full steam ahead!*

Es ist sein Markenzeichen. Alle E-Mails von ihm schließen mit diesem berühmten Zitat des amerikanischen Admirals David Farragut. Als ich es das erste Mal recherchiere, unterhalten wir uns über Santorini, wohin ich nächste Woche fliegen muss, um an einer Konferenz teilzunehmen. Auch er, beteuert er mit leuchtenden Augen, sei schon einmal dagewesen, auf dieser griechischen Insel, die den meisten als die bezauberndste erscheint. Damals, so sagt er, sei er Student gewesen und mit nichts als einem Rucksack unterwegs. Geschlafen habe er am Strand. Es ist eine romantische Vorstellung und mich überkommt eine unbekannte Scham, als ich an das Vier-Sterne-Hotel denke, in dem ich untergekommen bin. Ein anderes Mal unterhalten wir uns über Gedichte von Erich Fried, den wir beide sehr bewundern. Und wir sind uns einig in dem Moment, wo einer sagt, dass Gedichte mächtig sind und Großes leisten können. Nach einer kurzen Pause relativieren wir das Gesagte. Im zwischenmenschlichen Bereich mehr als in der Politik. Und dann, so als ob er es bekräftigen muss, rezitiert Konrad ein Gedicht, das ich nicht kenne, das aber wundervoll klingt. Er habe es damals, und dieses Damals sei schon etwas her, auf eine Fliese geschrieben und einem Mädchen geschenkt. Später dann hat er sie geheiratet. Wir stimmen erneut ein: mächtig und Großes leisten. Ein paar Tage später bringt Konrad ein Buch mit, das er mir schenkt. Es ist ein Buch von Detlef Kuhlbrodt, in dem Miniaturen gesammelt sind.

Jetzt bin ich mir sicher, dass ich das letzte Mal diese Bäckerei betrete. Ich habe einige Verkäuferinnen kommen und gehen sehen, während meiner Zeit am Institut. Manche Verkäuferinnen sind schon seit meinem ersten Besuch hier. Ich komme ihnen bekannt vor. Es herrscht eine Vertrautheit zwischen uns. Natürlich haben weder sie noch ich jemals versucht, durch Annäherung diese Vertrautheit aufzubauen. Nie haben wir über Privates gesprochen. Nicht einmal über das Wetter. Das wäre uns viel zu gewagt erschienen. Die Gespräche waren rein beruflicher Natur. Dennoch kam sie mit der Zeit, die Vertrautheit. Und das ist ja das Schöne daran. Niemand dachte auch nur entfernt daran, trotzdem ist es passiert. Auch jetzt spüre ich diese Vertrautheit, als mir der süße Duft von Gebäck leichtfüßig in die Nase kriecht. Sie ist etwas dick, die Verkäuferin. Ihr dünnes, braunes Haar hat sie lieblos zu einem Pferdeschwanz zusammengebunden, der sich im Takt ihres Schrittes hin und her wiegt. Sie lässt sich Zeit mich zu bedienen, und währenddessen versuche ich, sie mir in einem anderen Job vorzustellen, was mir misslingt. Sie lächelt nicht, kein einziges Mal. Ganz im Gegenteil. Griesgrämig schaut sie drein, so als ginge morgen die Welt unter und sie müsse ihre letzten Stunden hinter der Theke verbringen. Sie nennt den Betrag, den ich zahlen muss. Und auch das klingt unerwartet metallisch. Wo ist sie denn hin, und ich bin erschrocken darüber, dass ich mir diese Frage überhaupt stelle, diese Vertrautheit, die ich auszumachen glaubte, als ich durch die Tür schritt?

In kleiner Runde unterhalten wir uns über meine beruflichen Pläne, Elektronikläden und Sushi. Ich kann mich nicht dagegen wehren. Die Worte verlassen meinen Mund und Bruchteile später weiß ich nicht mehr, was ich eigentlich gesagt habe. Ich schaue mich unruhig um, aber niemandem in der Runde scheint es aufzufallen. Erleichtert atme ich auf und beiße in einen mit Marmelade gefüllten Berliner, als sich die ersten verabschieden und zurück an ihre Schreibtische gehen. Am Ende sitze ich allein am Tisch, stehe auf und räume die Pappteller zusammen – wie nach einem Kindergeburtstag. Das also war mein Ausstand. Nach all dieser Zeit am Institut soll das alles gewesen sein? Es ist wie ein großes Ziel. Einmal erreicht, verliert es seinen Reiz und man fragt sich, was genau jetzt die Schwierigkeit war. Das ging mir schon mehrmals so. Beim Abitur. Beim Studium. Und auch jetzt.

Ich räume den Schrank aus. Erst jetzt fällt mir auf, dass ich ihn schon lange nicht mehr geöffnet habe. Sanft streiche ich über die leicht verstaubten Ordner und inspiziere die Titel auf den Buchrükken. Habe ich dieses Buch wirklich ausgeliehen? Manchmal kann ich mich nicht daran erinnern. Die meisten Ordner leere ich und stelle sie zurück in den Schrank oder gebe sie einem Kollegen zur Wiederverwendung. Nur vereinzelt lege ich einen Ordner in die Umzugskiste. Obschon ich vor Wochen einige Umzugskartons weggelegt habe, reichen sie jetzt nicht aus, um alles zu verstauen.

Keine Angst, kindliches Unbehagen beschreibt ihn am besten, meinen Gemützustand in diesem Moment. Als ich am Fuße der Kellertreppe ankomme, unsicher und völlig der Dunkelheit preisgegeben, da hoffe ich, dass alles ganz schnell geht. Erst jetzt kommt er mir bekannt vor, der Geruch, der mich an eine andere Kellertreppe erinnert. Es ist die Treppe zum Keller meiner Großeltern. Burgenähnlich habe ich ihn in Erinnerung, festes Gemäuer als einengendes Etwas. Einmal funkeln mich zwei rote Augen an, als ich die Tür zum Keller öffne. Dann huschen sie irgendwohin, unter ein Regal oder in ein Loch in der Wand, wo ich sie nicht mehr sehen kann. Allerdings weiß ich, dass sie noch da sind. Und das genügt, um mich davon zu überzeugen, nicht die Treppe hinabzusteigen. Sie waren klein, die Augen, und das zugehörige Tier wird demnach auch klein sein. Dennoch spüre ich noch heute die Beklemmung, die Besitz von mir ergreift. Ich bin wie gelähmt. Der Lichtschalter scheint weit entfernt zu sein, zu weit für meine Arme. Und außerdem, selbst wenn er ganz nah wäre, wie um alles in der Welt sollte es mir möglich sein, den Arm zu heben. Ich verharre in meiner Position. Das einzige Geräusch, das zu vernehmen ist, ist das Auf und Ab meines Brustkorbes. Einige Zeit später, als sich nichts mehr tut, drehe ich mich um und schließe entschlossen mit einem kraftvollen Schwung die Tür hinter mir. Am nächsten Tag sehe ich meinen Großvater eine tote Maus, die regungslos in einer Mausefalle eingeklemmt ist, nach draußen tragen.

Ich taste langsam die Wand links von mir ab. Nichts. Dann taste ich sorgfältig die rechte Wand ab. Wieder nichts. Im schalen Schein des Tageslichts, das durch ein verdrecktes, längst vergessenes Kellerfenster eindringt, kann ich eine Dose an der Wand schräg gegenüber erkennen. Die aufkommende Freude sollte schnell gedämpft werden, denn die Dose erweist sich nicht als Lichtschalter, sondern als eine Steckdose mit Schutzabdeckung. Im Dunkeln suche ich nach den Umzugskartons, deren Umrisse ich ungenau erkennen kann. Ich betaste einige Kartons, die zu schwer sind. Welche Dokumente verstauben hier unten, frage ich mich. Vergessen vom Rest der Welt, bis sie eines Tages erneut umziehen müssen, nur um das gleiche Schicksal zu erleiden. Dann ergreife ich doch einen leeren Karton. Erleichterung macht sich in mir breit, als ich wieder oben ankomme. Zurück an meinem Platz, nehme ich einige ausgedruckte E-Mails in die Hand und vernichte sie im Aktenschredder, als hätte es sie nie gegeben.

Das Schreiben der Widmungen fällt mir anfangs schwer. Was schreibt man über jemanden, den man nur flüchtig kennt? Und das, was man über ihn kennt, ist rein beruflicher Natur. Soll ich also schreiben, dass die Zusammenarbeit Spaß gemacht hat? Es erscheint mir zu einfach, zu plump. Soll ich schreiben, dass ich alles Gute wünsche? Auch das ist abgedroschen. Wenn ich nichts zu schreiben weiß, dann lasse ich es. Das habe ich mir fest vorgenommen, nachdem ich selbst einige an mich gewandte Widmungen gelesen habe.

Nach einiger Überlegung geht es doch ganz gut von der Hand und ich muss mich zurückhalten, muss mir immer und immer wieder ins Gewissen reden, um nicht in diesen verhassten Widmungstrott zu verfallen. Als ich dann meine Dissertation verteile, nimmt sie ein Kollege voller Erwartung in die Hand. Ja, ich habe meine Großmutter darin erwähnt. Gleich zu Beginn. Ob ich glücklich oder traurig wäre, fragt er dann, jetzt wo ich weggehe. Es ist mir ein Dorn im Auge, dass ich überlegen muss und die Antwort nicht einfach aus mir herausbricht, ohne Nachdenken, ohne Zögern. Mein Chef erinnert mich daran, dass ich meinen erworbenen akademischen Grad in alle offiziellen Dokumente eintragen lasse. Personalausweis. Reisepass. Ich nicke, nicht ohne zu bemerken, dass ich das sowieso tun wollte. Als ich wieder an meinem Schreibtisch sitze, der jetzt ungewohnt geräumig und sauber erscheint, nehme ich ein Blatt Papier und notiere folgende Zeilen:

>»Die Zeit vergeht,
>und mit ihr vergehen
>die Erinnerungen an dich;
>schattenhafte Marionetten
>im seichten Glanz
>verblassender Tage.«

Dann schiebe ich den Zettel in die Mitte des Tisches und schaue ihn an und überlege, wen ich wohl damit meinen könnte. Ganz hinten in der Schublade, die ich noch nicht ausgeräumt habe, entdecke ich eine weiße, zusammengeknüllte Seite eines Notizblockes. Ich falte sie auseinander und lese:

»So dazustehen und diesen grünen Hügel
zu betrachten, der mir einmal,
als ich Junge war, bedeutend erschien.
Und zu sehen wie ich traurig werde,
weil ich sie nicht anhalten kann, die Zeit.
Nicht einmal, wenn ich mir Mühe gebe
und auch nicht für eine einzige Sekunde.
Und wenn ich jetzt ganz ich wäre,
wer wäre ich dann? Und vor allem,
wo stünde ich?«

Als Marie mit dem Auto vorfährt, stehe ich bereits vor der Tür, einen Umzugskarton in den Armen haltend wie eine Trophäe, und muss ein komisches Bild abgeben. Wo es wohl ist, frage ich mich, das kleine Heftchen, in das ich vor fünf Jahren meine Erwartungen an die Zeit am Institut geschrieben habe. Vielleicht ist es beim letzten Umzug verlorengegangen? Oder aber es ist in einem Karton im Keller? Auf jeden Fall würde ich gerne lesen, ob meine Vorstellungen getroffen wurden. Oder besser, und jetzt erscheint sie deutlich vor mir, die Suche nach Bestätigung, dass das, wie es wirklich gekommen ist, auch ganz in Ordnung ist. Marie telefoniert und tanzt dabei auf der Stelle von einem Bein aufs andere und ich lade den Wagen alleine ein. Dann tragen mich meine Beine ein letztes Mal die Treppe des Instituts nach oben. Ich will mich von meinen Kollegen verabschieden. Plötzlich stelle ich fest, dass die Büros verlassen sind. Fast im gleichen Moment höre ich ganz oben auf dem Dachboden Lärm. Es sind meine Kollegen, die Tischfußball spielen. Kurz überlege ich, ob ich die zwei Etagen nach oben gehe. Dann drehe ich mich um und verlasse das Institut in der Hoffnung, dass ich dem Geruch der abgestandenen Luft im Vorraum irgendwann irgendwo wieder begegne.

Wir fahren zum Spazierengehen in den Wald. Die Sonne fällt durch die spärlich bekleideten Laubbäume und der Weg erstreckt sich geradlinig vor uns. Es ist eine Freude, den Hund geschmeidig herumtollen zu sehen. Auch ich fühle mich ganz leicht, als ich die klare trockene Luft einatme. Ich sage es Marie und sie kann es sehr gut verstehen, sagt sie. Danach gehen wir in einen Supermarkt, an dem ich schon oft vorbeigefahren bin, wenn ich vom Sport heimkam. Es ist kein gewöhnlicher Supermarkt, das fällt mir jetzt auf, sondern einer, der hauptsächlich russische Waren verkauft. Wir freuen uns darüber, über die Abwechslung, die dieser

Supermarkt uns bietet. Es ist fast ein bisschen wie Urlaub, weise ich Marie darauf hin. Wir kaufen Piroschki. Eine gefüllt mit gekochtem Fleisch und Reis, die andere mit Ei und Dill. Wir essen sie auf dem Parkplatz im Auto, bevor wir nach Hause fahren.

Die Frage, die wie ein Damoklesschwert über all dem schwebt: Was bleibt? Die Antwort ist unmöglich. Erst in ein paar Jahren werde ich rückblickend eine Beurteilung abgeben können. Werde ich wissen, was es wert war. Ich denke angestrengt nach. Kann ich schon jetzt eine Teilantwort liefern? Oder wird die Zukunft zeigen müssen, was dies alles wirklich wert war? Was es mir gebracht hat?

Als ich spät am Abend noch einmal mit dem Hund Gassi gehe, ist es kalt geworden. Die Äste einiger Bäume wiegen sich im Wind. Im Augenwinkel sehe ich, wie mich mein Schatten überholt, und eine Straßenlaterne, unter deren schalem Licht sich im Sommer die Fliegen tummeln, steht einsam am Wegrand.

In der Nacht die Stille

Für Nina-Marie

Lautlos.

Die Schmerzen kamen beim Abendessen. Sie krümmte ihren Oberkörper ein bisschen nach vorne. Leicht verzog sie ihr Gesicht. Zuerst unmerklich, dann sah er es. Schließlich gab sie es zu. Sie habe Schmerzen in der Magengegend, sagte sie. Es geht gerade etwas um, antwortete er und versuchte sie zu beruhigen. Die Suppe dampfte, so heiß war sie. Sie stocherte mit dem Löffel darin herum. Als sie bereits kalt geworden war, schob sie den Teller ein Stück zur Seite. Sie habe keinen Appetit. Dann rief sie im Sportclub an und sagte das Training ab. Unmöglich unter diesen Umständen gegen einen Sandsack zu treten, beteuerte sie. Er verstand es, nickte ihr wortlos zu, als er seine Laufschuhe schnürte.

Das Joggen am Abend tat ihm gut, reinigte seinen Geist von dem Stress des Arbeitstages. Langsam zog Nebel vom Fluss hoch. Dünne, fadenartige Finger suchten ihren Weg durch die verregnete Landschaft. Er trat in eine Pfütze und spürte, wie die Nässe bis zu seinem Fuß vordrang. Er ignorierte sie. Für solche Kleinigkeiten war kein Platz. Jetzt nicht. Er sog die kalte Luft ein und konnte seinen Atem sehen, als er sie wieder ausblies.

Währenddessen waren ihre Schmerzen stärker geworden. Sie lag gekrümmt auf der Couch. Wie ein Käfer, dachte er. Sie presste ihre Hände fest gegen ihren Bauch, um die Schmerzen zu betäuben. Ein Stück weit zumindest. Noch versuchte er sie zu beruhigen, redete sanft auf sie ein. Morgen sähe die Welt schon wieder ganz anders aus, tröstete er sie. Eine heiße Tasse Tee und ein paar Stunden Schlaf. Aber ihr war sofort klar, dass sie keinen Schlaf finden konnte. Nicht bei diesen Schmerzen, die sich bereits in die untere Magengegend ausgebreitet hatten. Es war richtig gewesen, nicht zum Training zu gehen, beruhigte er nochmals ihr Pflichtbewusstsein.

Als er aus der Dusche kam und sich angezogen hatte, half er ihr auf die Beine. Es war ihr schon fast unmöglich, von alleine aufzustehen. Ihre Schritte waren langsam und unsicher. Zittrig setzte sie einen Fuß vor den anderen. Sie atmete auf, als sie den Fahrstuhl erreichte. Es war nur ein Stockwerk, das sie zu bewältigen hatte, aber er würde ihr eine Pause bescheren. Keine sehr große, dennoch genug, um kurz Luft zu holen und neue Kräfte zu sammeln. In Gedanken ging sie den restlichen Weg zum Wagen durch und markierte die Stellen, die sich für sie als schwierig erweisen könnten.

Er erkannte im Augenwinkel ihre vorwurfsvollen Blicke, als er über ein Schlagloch fuhr. Schon tausendmal ist er diese Straße entlang gefahren und hatte noch nie bemerkt, dass hier überhaupt ein Schlagloch ist. Ihr Gesicht verkrampfte sich noch mehr. Jeder noch so kleine Hügel war spürbar und breitete sich als stechender Schmerz in ihrer Magengegend aus. Das erste Mal fuhr er an der Notaufnahme vorbei. Beide waren sich sofort einig, dass es an der schlechten Ausschilderung lag. Wie kann man so eine wichtige Einrichtung wie eine Notaufnahme nur so schlecht ausschildern. Immerhin müsse man ja damit rechnen, dass nicht alle Patienten bis zum Schluss einen kühlen Kopf bewahren können. Sicherlich wird man aufgeregt sein und dadurch selbstverständlich weniger imstande als sonst, einer schlechten Beschilderung zu folgen.

Das Warten erschien beiden endlos. Sie saßen alleine im Wartezimmer, aber es war ihnen klar, dass es eine lange Nacht werden würde. Nur einvielleicht auch zweimal sahen sie die Nachtschwester vorbeilaufen. Mehr schemenhaft nahmen sie sie wahr. Auch fühlten sie sich von ihr ignoriert.

Der Arzt wirkte jung und unerfahren in seinen schmutzigen Turnschuhen. Wo es denn drücke, fragte er mit einem Lächeln auf den Lippen. Aber zum Lächeln war ihr nicht zumute. Schmerzen hatte sie, starke Schmerzen, die sie bis dahin noch nicht kannte, und zwar hier, in diesem Bereich.

Natürlich konnte sie keinen einzigen, isolierten Punkt angeben, wo die Schmerzen saßen. Aber sie versuchte präzise in Worte und Gesten zu fassen, was sie vor einigen Stunden so vorbehaltlos und unverfälscht überkam. Er hingegen schaute nur die Turnschuhe des Arztes an. Wo die Schmerzen waren, das wusste er ja schon. Daran hatte sie ja gar nicht gedacht. Ja, es stimmte, sie hatte die Pille abgesetzt vor ein paar Wochen. Ob das wichtig wäre, fragte sie. Die Betroffenheit des Arztes beantwortete ihre Frage. Schmerzmittel hätte er ihr gerne geben wollen – gerne geben wollen, das hörte sich befremdlich an und so persönlich, so unpassend für den Moment –, aber jetzt müsse man erst einen Schwangerschaftstest machen, um sicher zu gehen.

Der Arzt war unzufrieden. Es schien, als gebe er ihr die Schuld, dass er keine eindeutige Diagnose stellen konnte. War ihre Beschreibung der Schmerzen wirklich so undurchsichtig, so mehrdeutig interpretierbar? Ja, es stimmte schon, dass sie nach einiger Zeit den Schmerz woanders deutlicher spürte als zuvor. Aber wenn es nun einmal so war? Hätte sie denn lügen sollen? Jetzt schaute der Arzt die Wand hinter ihr an, so als ob er von ihr eine Antwort oder wenigstens einen Hinweis erwarte. Aber die Wand, diese weiße, kalte Zeugin vieler Untersuchungen blieb stumm. Und als ein anderer Arzt kam, ein wenig dick war er und trug einen Bart, da verteidigte sich der junge Arzt. Vorhin, ja, daran könne er sich ganz genau erinnern, gerade so, als ob es vor einer Sekunde erst gewesen wäre, da hatte sie sie anders geschildert, die Schmerzen. Aber gerade so anders, dass er unmöglich hätte auf diese Diagnose kommen können. Leid tat er ihr nicht, der junge Arzt. Ein bisschen genoss sie es, dass er versuchte sich herauszuwinden aus dieser Beklemmung. Aber dann, dann dachte sie an ihre Schmerzen. Da seid ihr ja wieder. Hatte sie sie womöglich ganz vergessen für einige Zeit? Und daran, dass ihre Gesundheit in den Händen dieses jungen Arztes lag. Da hoffte sie, dass er sich wird befreien können aus dieser Situation und mit klaren Gedanken sie gesund machen.

Nein, nein, es hätte gar keinen Sinn. Sie müsse hier bleiben über Nacht zur Beobachtung. Vor ein paar Stunden, als sie noch daheim waren, da haben sie diese Situation schon einmal durchgespielt – und verdrängt. Jetzt saß sie in diesem Rollstuhl, krümmte sich vor Schmerzen, die sie in Schüben überfielen, während ein großer, kräftiger Kerl sie auf Station schob. Dass alles gut werden würde und sie sich keine Sorgen zu machen bräuchte, hatte er ihr noch gesagt. Aber das wusste er selbst nicht. Damals, jetzt klang er wieder in seinen Ohren, dieser Satz – ›Alles wird gut!‹ – hatte man ihn versucht zu trösten, als er in einem solchen Rollstuhl saß. Damals wurde auch alles gut. Damals … Aber jetzt ging es nicht um damals und auch nicht um ihn. Das hier war zu ernst, um in Erinnerungen zu schwelgen. Hoffentlich, hörte er sich sagen, hoffentlich wird alles gut!

Er verließ die Notaufnahme. Auf dem Weg nach draußen blickte er auf die Uhr, die links von ihm an der Wand befestigt war. Es war drei Uhr dreißig. Es hatte deutlich abgekühlt. Am Himmel waren keine Wolken zu sehen. Er stieg in sein Auto, blies in seine kalten Hände und rieb sie aneinander, um sie zu wärmen. Dann umfasste er mit der linken Hand das kalte Lenkrad, während seine rechte den Zündschlüssel ins Schloss schob und umdrehte. Und dann waren sie plötzlich da, diese Gedanken an die verbleibenden Stunden der Nacht. Daran, dass er allein würde schlafen müssen. (Sie ja auch!) Dass es kalt und leer neben ihm im Bett sein wird. Natürlich hatten sie schon öfter getrennt voneinander schlafen müssen. Wenn er auf Dienstreise war zum Beispiel. Oder wenn sie ihre Eltern besuchte. Aber da wussten sie immer voneinander, dass es dem anderen gut ging. Jetzt wusste er nur, dass sie auf Grund der hohen Konzentration an Schmerzmitteln, die tröpfchenweise durch einen dünnen Schlauch in ihren Körper geleitet wurden, keine Schmerzen verspürte. Das war etwas anderes. Etwas Fremdes, Neues, das er vorher nicht kannte. Diese Gedanken kamen ihm damals nicht, als er operiert wurde. Zwar kannte er sie da noch nicht, aber es gab eine andere, die alleine schlafen musste. Dass ich damals nicht daran gedacht habe, sagte er vorwurfsvoll zu sich selbst.

Als die Tür hinter ihm ins Schloss fiel, da spürte er sie, die Stille. Sie überfiel ihn – beinahe schlagartig. Plötzlich kam ihm die gemeinsame Wohnung viel zu groß vor. Die Wände und Decken distanzierten sich von ihm. Er sah, wie einige Fenster beschlugen. Das sterile Licht des Kühlschrankes brannte in seinen Augen, als er ihn öffnete. Er zwinkerte. Dann tastete er nach dem Käse und der Erdbeermarmelade.

Ein Klingeln weckte ihn. Im Halbschlag griff er benommen nach seinem Mobiltelefon. Gleichzeitig versuchte er auf die Uhr zu schauen: sechs Uhr dreißig. Er hatte also weniger als drei Stunden geschlafen. Und so fühlte er sich auch. Das Telefonat kam ihm vor wie ein Bericht. Natürlich fragte er auch, wie es ihr geht, aber er wusste ja schon, was sie antworten würde. Sie legte das Tagesprogramm vor. Es würde weitere Untersuchungen geben. Auch habe man sie angemeldet für ein Ultraschall, aber niemand wüsste, wann das genau sein wird. Das kam ihm komisch vor. So unkoordiniert. In ihm machte sich Fassungslosigkeit breit, aber das durfte er sich nicht anmerken lassen. Nein, er war nicht sehr gesprächig. Das betonte er auch später noch einmal, als er im Krankenhaus war und an dem Krankenbett stand, in dem sie lag. Natürlich hatte sie da auch Schmerzen, obschon sie gut aussah.

Er brachte die wichtigsten Dinge mit, die sie für ihre Zeit im Krankenhaus brauchen würde. Unterwäsche und Socken. Ein Nachthemd, damit sie nicht ständig dieses Flügelhemd anbehalten müsse. Darauf hatte sie ihn ja explizit aufmerksam gemacht. Ein Nachthemd, damit sie dieses verhasste Flügelhemd loswürde. Und dann natürlich eine Jogginghose, T-Shirts und einen Pullover. Duschgel, Shampoo, Zahnpasta und ihre Zahnbürste. Es war nicht viel. Aber das sollte es auch nicht sein. Nichts sollte darauf hinweisen, dass ihr Aufenthalt länger dauern könnte. Wenn es wirklich so wäre, dann könnte er ja in den nächsten Tagen frische Sachen mitbringen. Vorerst aber wollte er alle Gedanken daran zerstreuen. Hauptsächlich ihretwegen, um sie nicht unnötig zu beunruhigen. Aber auch seinetwegen.

Es war kalt und kurz zuckte sie zusammen, als der Arzt den Ultraschallkopf auf ihren Bauch auflegte. Der Arzt, ein anderer als in der Notaufnahme, auch jung, aber mit Gesundheitsschuhen anstatt Turnschuhen, erklärte ihm alles, während der Ultraschallkopf sie abtastete. Er wusste schon, dass dieser Kopf Wellen in einem Frequenzbereich aussendet, den auch Fledermäuse und Nachtfalter sich zu eigen machen, um sich zu orientieren. Aber vieles war neu für ihn. Und diese Wörter, die er hörte und sich nicht merken konnte. Sie klangen fast wie Musik. Wären sie nur nicht so vergänglich! Als der Arzt immer stiller wurde und schließlich ganz verstummte, während er weiterhin auf gekonnte Art und Weise den Ultraschallkopf auf ihrem Bauch kreisen ließ, da sahen sich beide an und wussten, dass etwas nicht stimmte.

Daheim sollte alles ganz schnell gehen. Er wollte nur ein paar frische Sachen einpacken für sie und eine Kleinigkeit essen. An ein richtiges Abendbrot war unter diesen Umständen nicht zu denken. Und während er ihre Tasche packte mit frischen T-Shirts und einem Pullover von sich, da hörte er im Geiste den Arzt es noch einmal sagen, dass sie erneut in die Notaufnahme müsse. Dass ein Chirurg sich das ansehen müsse. Und wie in Zeitlupe immer wieder dieses Bild: der kreisende Ultraschallkopf auf ihrem Bauch und diese nichtssagenden Figuren auf dem Bildschirm vor ihm.

Sie liebte es, seine Sachen zu tragen. Natürlich waren sie viel zu groß, aber das machte ihr nichts aus. Wenn sie die Ärmel eines Pullovers zwei- oder auch dreimal umschlug, dann passte er – zumindest von der Länge her. Bequem waren sie, seine Sachen, und das mochte sie. Aber darum ging es natürlich nicht nur. Es war für sie eine Möglichkeit, ihm nah zu sein, auch wenn er nicht da war. Am liebsten hatte sie es, wenn sie einen Pullover anzog, den er vorher getragen hatte. Dann roch er nach ihm und sie konnte ihm noch näher sein. Allerdings traute sie sich nicht, ihm das zu sagen. Es war ihr Geheimnis und sie war darauf bedacht, dass es dabei bleibt.

Es kam unvermittelt. Darauf hatte er sich nicht vorbereiten können. Ein wenig tröstete es ihn, dass es ihr genauso erging. Er musste sich strecken und steif machen, um an das Mobiltelefon in seiner vorderen linken Hosentasche zu kommen. Dann las er die Nachricht. Sein Herz entgleiste. Er würde nicht mehr rechtzeitig ankommen können. Egal wie sehr er sich auch beeilte. Es war unmöglich. Und das ärgerte ihn. Gerne hätte er etwas mehr Vorbereitungszeit gehabt. Für sich, aber vor allem für sie. Wie musste sie sich jetzt bloß fühlen? Was ging in ihr vor? Es war unmöglich, eine Antwort darauf zu finden. Noch war er ja damit beschäftigt, sich selbst zu ergründen, zu ordnen. Zwanzig Minuten. Nein, das ist unmöglich zu schaffen. In zwanzig Minuten, und das auch nur, wenn kein Verkehr war und alle Ampeln gnädig waren, würde er gerade einmal am Klinikum ankommen. Und dann wüsste er ja noch nicht, wo er hingehen müsste. Die Chirurgie kannte er ja noch gar nicht. Plötzlich durchfuhr es ihn. Wenn sie in nur zwanzig Minuten operiert werden würde, dann müsse es akut sein. Er spürte eine unangenehme Wärme in seinem Körper. Hoffentlich, er blickte nach oben, ohne zu wissen warum er es tat, hoffentlich geht alles gut.

Das Licht empfand sie als grell, zu grell für ihre Augen. Sie spürte, wie sie langsam in den Operationssaal geschoben wurde. Ihr war kalt, aber sie erlaubte es sich nicht, im Moment darüber nachzudenken. Sie blinzelte, um die Umrisse, die an ihr vorbeihuschten, klar zeichnen zu können. Sie scherzte mit den Ärzten. Natürlich war sie nicht so abgeklärt wie alle meinten. Es war erst ihre zweite Operation. Und die erste war fast fünfundzwanzig Jahre her. Daran konnte sie sich nun wirklich nicht mehr in allen Einzelheiten erinnern. Nur dass sie nach der Operation sehr viel Eis schlecken durfte, daran erinnerte sie sich noch gut. Aber jetzt wusste sie ja nicht, was sie erwartete. Allerdings, und das freute sie sehr, konnte sie die Ärzte über ihre Unsicherheit hinweg täuschen. Sie hielten sie für tapfer, was ihr ein triumphierendes Gefühl gab. Einen Traum, fragte sie verdutzt. Wir hören oft, dass Patienten während der Operation von dem träumen, woran sie als letztes gedacht haben. Das traf sie unvorbereitet. Es fiel ihr ja nie schwer, über Dinge nachzudenken. Und es war auch immer ein Leichtes für sie, sich etwas einfallen zu lassen. Aber gerade jetzt wollte das einfach nicht gelingen. Worüber soll ich denn jetzt bloß nachdenken, grübelte sie. Was war denn die letzte schöne Sache, die mir widerfahren ist? Sie erschrak. Natürlich war sie aufgeregt. Aber konnte sie sich wirklich nicht mehr erinnern? Wir werden Sie jetzt in einen kleinen Schlummerschlaf versetzen, danach kommt die richtige Narkose. Es wird also Zeit, sich schöne Gedanken zu machen. Der Anästhesist sprach diese Worte in einem Ton, als wolle er sagen: Machen Sie sich keine Sorgen, es wird alles gut werden; Sie träumen etwas Feines, und wir bringen Ihr Wehwehchen wieder in Ordnung. Das aber nahm sie bereits nicht mehr wahr. Die Stelle, an der sich die Nadel in ihrer Haut befand, brannte, als Flüssigkeit in ihren Körper strömte. Ihre Augenlider wurden schwer und senkten sich. Sie spürte, wie ihrem Körper die Kräfte entflohen. Fast war es so, als ob jemand einen Stecker gezogen hätte und alle Kraft mit dem Ausbleiben des Stromes versiegte.

Auf Station. Er packte ihre Sachen. Normalerweise war er es gewohnt, Kleidung akkurat zusammenzulegen, bevor er sie in die Tasche legte. Aber jetzt gelang es ihm nicht. Schon dreimal hatte er versucht, ihr T-Shirt zusammenzulegen. Es wollte einfach nicht klappen. Wird sie verlegt, fragte eine Gestalt, die in gekrümmter Haltung durch die Tür kam und flüchtig bekannt war. Operation. Dann alles Gute. Alles, alles Gute. Ja, danke, Ihnen auch. Dann packte er weiter zusammen. Und gute Besserung. Natürlich. Natürlich auch gute Besserung.

Er ließ sich den Weg zur Chirurgie erklären. Es müsste einfach zu finden sein, dachte er, als er im leeren Treppenhaus den Widerhall seiner Schritte hörte. Er ging die Beschreibung noch einmal durch, um auch keinen Fehler zu begehen. Treppe nach unten, durch den Haupteingang, den kleinen Park durchqueren, in das Gebäude direkt gegenüber, an der Anmeldung vorbei durch eine schwere Stahltür, ein Stockwerk nach unten.

Das Schild war unübersehbar, das ihn darauf hinwies, dass er nicht eintreten dürfe, sondern lediglich klingen und dann warten, bis jemand käme. Er tat es. Mehrmals. Dann endlich hörte er, gedämpft durch die Tür, Schritte auf sich zukommen. Es war ein leichter Gang, den er vernahm. Jetzt, während er diesem leichten Gang lauschte, konnte sie bereits operiert werden. Er kannte die zeitliche Abfolge nicht genau, aber es war möglich. Es war möglich, dass gerade in diesem Moment ein metallenes Werkzeug irgendetwas an ihr, in ihr machte. Und er hoffte, dass durch das Öffnen dieser Tür und seine bloße Anwesenheit irgendwelche Signale zu ihr gelangen könnten, während sie bewusstlos und kraftlos auf dem Operationstisch lag. Signale, die ihr sagten, dass sie unbesorgt sein soll, und dass alles gut werden wird. Eine kleine Schwester in blauem Anzug und mit hinter einer Brille zu groß wirkenden Augen führte ihn in den Warteraum für Angehörige. Angehörig – das war er rein rechtlich ja gar nicht. Aber das war ihm jetzt auch egal. Es würde sicher noch eine Stunde dauern. Sehr wahrscheinlich auch noch länger. Auch wisse sie nicht, auf welche Station sie nach der Operation gebracht werde. Aber er könne gerne hier warte. Sobald sie etwas in Erfahrung brächte, würde sie es ihm mitteilen. Spazierengehen, empfahl sie ihm. Er setzte sich auf einen hölzernen Stuhl, dessen Sitzfläche gepolstert und mit einem mintfarbenen Überzug versehen war. Er nahm ein Buch in die Hand, obwohl er wusste, dass er jeden Satz zwei- oder sogar dreimal würde lesen müssen, weil seine Gedanken jetzt eben nicht im Buch, sondern woanders waren. Umtriebig waren.

Die Station scheint wie leergefegt, als er aus dem Fahrstuhl steigt, ihre Tasche in einer Hand, eine rote Rose in der anderen. Natürlich weiß die Nachtschwester sofort, weshalb er hier ist. Was sollte sonst schon passieren um diese Zeit. Eine Vase? – Wie bitte? – Eine Vase für die Blume? Und dann erst versteht er sie, als er der unsichtbaren Verlängerung ihres Zeigefingers folgt, der auf die Rose in seiner Hand zeigt. Ihre Tasche stellte er einfach in das Zimmer, das ihm gezeigt wurde. Er könne ja morgen, in aller Ruhe, auspacken. Das fand er komisch. Als ob er morgen mehr Ruhe hätte als jetzt. Was hatte er denn jetzt schon zu tun außer warten?

Ihr Körper ein Tempel. Das war es, das war das Wort, das er so lange gesucht hatte. Ein Tempel, der jetzt blutete. Ein Tempel, in den gerade metallische Werkzeuge eindrangen. Jetzt suchte er das Bild, wo er das Wort gefunden hatte. Eine flache Landschaft fiel ihm ein, mit einem ruhig fließenden Fluss, der die Zeit darstellte. Ganz in Nebel gehüllt ein Berg. Und auf diesem Berg, da stand der Tempel – prachtvoll, mächtig, einzigartig.

Als die Nachtschwester kam und sagte, dass es noch dauern könnte und ob er nicht lieber nach Hause gehen möchte, da schüttelte er nur den Kopf und merkte, wie seine Hand sich zu einer Faust formte und verkrampfte. Nur mit Mühe konnte er die Verkrampfung lösen. Die Zeiger dieser Uhr. Die rasen stur nach vorne, so als ob gar nichts passierte. Als ob ihnen alles egal wäre. Als ob die Zeit weiter existierte, wenn alles andere vergangen sei.

Ob er Hunger hätte, fragte die Nachtschwester. Es gäbe, und das versicherte sie mit versteinerter Miene, noch Abendbrot von Patienten, die es nicht einmal angefasst hätten. Wenn er wolle, dann … Schon den Gedanken fand er befremdlich. Seine Augen brannten. Dieses Licht, dieses kalte, unfreundliche Licht! Unmöglich, weiter zu lesen. Jedes Wort, das seine Augen erfassen, schmerzt. Jetzt hat er nur noch die Musik, die aus dem kleinen schwarzen Kasten vor ihm in seine Gehörgänge kriecht. Es ist schon spät – die Uhr verrät es. Und seine Lider, die immer schwerer werden. Es macht ihm große Mühe, die Augen offen zu halten. Er kämpft. Dann muss er lächeln, bei dem Gedanken, dass er kämpft. Das sei ja gar nichts gegen die Kämpfe, die sie jetzt ausficht! Ach, wenn er doch nur wüsste, was das für Kämpfe sind. Wenn er wenigstens eine kleine Ahnung hätte. Dann kam zum dritten Mal die Nachtschwester. Ob sie ein Medikament nahm, fragte sie. Ja, das wusste er. Nur welches? Denk nach, bat er sich. Verdammt nochmal, denk nach! Er wusste den Namen nicht. Nur, dass es irgendetwas mit einer Unterfunktion der Schilddrüse zu tun hatte. Die Nachtschwester sagte – mehr fragend als feststellend, das fiel ihm sofort auf – den Namen eines Medikamentes in den Raum. Das hörte sich bekannt an für ihn. Zögerlich nickte er. Sicher sei er sich nicht, aber den Namen habe er zumindest schon einmal gehört. Sehr gut möglich, dass es das sei. Die Nachtschwester schien zufrieden mit ihm und notierte etwas, das er nicht entziffern konnte. War das der Name, den sie vorher gesagt hatte? Das, was da auf dem Papier stand, das sah so fremd aus. So anders. Und dann: sie kommt.

Am Ende des von schalem Licht gefluteten Ganges wurde ein Bett hineingeschoben. Sie öffnete ihre Augen. Langsam. Es schien sie anzustrengen. Als sie ihn erblickte, hoben sich ihre Mundwinkel an. Er wusste nicht, ob sie ihn wirklich erkannte. Aber es war ihm wichtig jetzt, in diesem Moment bei ihr zu sein. Ihr zu zeigen, dass er für sie da ist. Eine Stütze sein. Selbst wenn sie ihn nicht erkannte, so würde ihr am nächsten Tag die Schwester sagen, dass er auf sie gewartet hatte. Es würde ihr Halt bieten und Geborgenheit geben. Und selbst wenn das alles nicht eintraf, so war es auch wichtig für ihn. Sich selbst gegenüber war er immer am kritischsten. Und er hätte es sich nicht verzeihen können, wenn er sie in diesem Augenblick alleine gelassen hätte. Die Tatsache, dass sie so vor ihm lag, ein hilfloses Bündel, rief in ihm tiefe Gefühle hervor. Er drückte ihre Hand und spürte einen leichten, zaghaften Gegendruck. Seine Augen funkelten, als er ihn vernahm. Ihre Lippen waren trocken und spröde. Kleine Risse hatten sich gebildet und an vereinzelten Stellen hingen kleine Hautfetzen davon. Er legte seine Lippen auf ihre. Wie gerne hätte er sie fester geküsst. Inniger. Leidenschaftlicher. Aber er hielt sich zurück. Er konnte nicht einschätzen, was sie schon vertragen konnte, was er ihr in dieser Situation bereits zumuten konnte. Ein durchsichtiger Schlauch schlängelte sich ihren Unterarm entlang und mündete über ihrem Kopf in eine Flasche, die bis zur Hälfte mit einer ihm unbekannten Flüssigkeit gefüllt war. Im Augenwinkel sah er, wie sich etwas auf ihn zu bewegte und dann stillstand. Auch wenn sie nichts sagte, so war der Druck, den die Nachtschwester damit auf ihn ausübte, deutlich vernehmbar.

Etwas später öffnete er den Kühlschrank. Morgen muss ich einkaufen gehen, sagte er sich, gleich nachdem ich sie besucht habe. Er legte sich auf die Couch, auf der sie vor zwei Tagen noch lag. Wie ein Käfer, dachte er. Dann schloss er seine Augen und schlief auf der Stelle ein.

Kurztrip nach Santander

Boarding.

Eher als geplant. Das ist selten, dachte er und packte die Zeitung in seinen dunkelgrauen, sportlichen Rucksack. Es sollte nur ein kurzer Aufenthalt sein. Mal rauskommen. Abschalten. Nicht für lange. Nur für kurze Zeit. Neue Luft schnuppern und durchatmen. Kraft schöpfen vielleicht. Sie hatte es ihm nahegelegt, als er nach der Arbeit völlig verkrampft nach Hause kam. Sie hatten sich gestritten in dieser Nacht. Eigentlich sagte sie es beiläufig, einfach so raus, mehr vor sich hin. Vielleicht sollte er mal wegfahren, sagte sie. Natürlich winkte er ab und tat ihre fixe Idee als Blödsinn ab. Aber als er dann nicht einschlafen konnte und regungslos im Bett lag, da versuchte er mit wachen Augen geometrische Figuren an die Decke zu zeichnen. Und jetzt kam ihm diese Idee gar nicht mehr so blödsinnig vor. Es stimmte ja, dass sie sie einfach so dahin gesagt hatte. Wahrscheinlich hatte sie selbst nicht wirklich darüber nachgedacht. Ja, ein Reflex war es – streng genommen. Aber irgendwie hatte diese Idee etwas Schöpferisches an sich, etwas Geheimnisvolles, Heiliges, das er nicht greifen und fassen konnte. Am nächsten Morgen teilte er es ihr mit, sein Vorhaben für ein paar Tage wegzufliegen. Hatte sie das wirklich im Eifer des Gefechts vorgeschlagen, fragte sie sich. Sie konnte sich nicht mehr erinnern, aber in seiner Figur war eine solche Festigkeit und Standhaftigkeit, dass es wohl so gewesen sein muss.

Eine schlanke, gutaussehende Frau mittleren Alters mit langen schwarzen Haaren und nicht zu aufdringlich geröteten Lippen sagte *buenos días* und streckte ihm ihren Arm entgegen. Er begrüßte sie mit den Augen und drückte ihr den Boarding-Pass in die Hand und sie registrierte ihn. Als sie ihm den kleinen Abschnitt des Passes zurückgab, sagte er höflich *gracias* und irgendwie drängte er sich ihm auf, der Eindruck, fließend Spanisch sprechen zu können.

Sie landeten. Es war sonnig und der Flugplatz lag beschaulich vor ihnen. Er war nicht gut vorbereitet auf diese Reise – wie sollte er auch, er hatte ja keine Zeit gehabt – und wusste gerade einmal den Namen des Hotels, in dem er unterkam. Also ging er zur Information, um nach den Weg zu fragen. Eine ältere Dame mit silbernen Strähnchen in ihrem schwarzen Haar und einem ausgeprägten Lippenherz lächelte ihn an. Ihre Zähne waren etwas gelblich, aber gerade gewachsen und passten in ihr Gesicht. Sie war sehr nett und kompetent und setzte ihn in einen Bus, der ihn zur *Estacion de Autobuses* brachte, von wo aus er mit einem weiteren Bus, der in Richtung *Sardineros* fuhr, sein Hotel erreichen konnte. Mit konzentriertem Blick folgte er den Ausführungen. Er wollte nichts vergessen. Ja, Richtung *Sardineros*. Verstanden.

Der Plan hörte sich einfach an. An der *Estacion de Autobuses* fand er sich allerdings nicht zurecht. Seine Blicke suchten irgendeinen Anhaltspunkt, etwas woran er sich festhalten konnte. Irgendein Hinweisschild, auf dem *Sardineros* stand, oder wenigstens eine Person, die sich hier auskennen musste und ihm weiterhelfen konnte. Die, die da so standen, sahen alle so touristisch aus. So wie er. Unmöglich, dass jemand ihm hätte weiterhelfen können. In einiger Entfernung sah er vor einer großen Glastür zwei Polizisten stehen. Den Flug in den Beinen, schleppte er sich die Treppe hoch und fragte höflich: *Do you speak English?* Kopfschütteln. Dann drehten sie sich weg. So leicht wollte er sich aber nicht geschlagen geben, also nahm er mit ungezwungener Selbstverständlichkeit eine Karte von Santander aus seinem dunkelgrauen, sportlichen Rucksack und zeigte auf ein blaues Kreuz, das die Stelle markierte, wo sich sein Hotel befand. Sie schienen genervt und berieten sich eine kurze Weile. Schließlich hob einer der beiden, ein kleiner, etwas untersetzter Typ, dem man ansah, dass er gerne und gut aß, seinen Arm und deutete hinter ihn. Er schaute auf einen Tunnel. Als er sich wieder zu den beiden umdrehen wollte, waren sie schon verschwunden.

Obwohl es ein Tunnel war, in dem reger Straßenverkehr herrschte, waren viele Leute unterwegs. Manche von ihnen kamen gerade von der Arbeit und er konnte in ihren Gesichtern lesen, dass sie einen anstrengenden Tag hinter sich hatten. Andere waren vergnügt und wohl gerade auf dem Weg zu einem Date. Manche hatten große Einkaufstüten in den Händen und strahlten übers ganze Gesicht.

Als er am Ende des Tunnels angekommen war, überquerte er die Straße. Wie beschwerlich das alles war. Wollte er nicht einfach mal raus, dem Alltag entfliehen? Wollte er nicht Kraft schöpfen? Und jetzt raubte ihm diese Suche jegliche Kraft in seinem Körper. Gerade als er erneut nach dem Weg fragen wollte, rollte ein Bus an die Haltestelle und kam vor seinen Füßen zum Stehen. Seine Bremsgeräusche gingen im restlichen Straßenlärm unter. *Sardineros*. Er stieg erleichtert ein. Die Fahrt war angenehm, auch wenn er den ganzen Weg stehen musste. Aber da er sowieso damit beschäftigt war, in leicht gekrümmter Haltung aus dem Fenster zu sehen und Ausschau nach seinem Endziel zu halten, war ihm das egal. An der *Placa de Italia* stieg er aus.

Abends setzte er sich auf eine Terrasse über dem Strand und aß geräucherten Lachs. Diese Stille. War es das, wofür er hierhergekommen war? Plötzlich hörte er am Nachbartisch, wie sich zwei Männer angeregt auf Deutsch unterhielten. Ein Seufzen entglitt seinen Lippen. Er hoffte, dass ihm das während seines Aufenthaltes nicht zu oft passieren würde. Schließlich wollte er mal raus und zu viele Deutsche erinnerten ihn bloß an daheim. Genau das, was er nicht brauchen konnte. Weshalb hatten sie sich gleich nochmal gestritten? Jetzt, mit etwas Abstand, da kam es ihm lächerlich vor. Kindisch. Und diese drastische, übereilte Maßnahme hierher zu fliegen. Ja, und warum denn ausgerechnet hierher? Wieso nicht Paris, London, Mailand? Wieso ausgerechnet Santander? Das alles erschien keinen Sinn zu ergeben. Und der geräucherte Lachs – wie hatte er sich auf diesen geräucherten Lachs gefreut – schmeckte jetzt madig und langweilig.

Nachdem die Sonne am Horizont ins Meer eingetaucht war, wurde es schnell kühl. Er zog seinen Pulli über und schaute auf das langsam verblassende Meer. In der Ferne sah er drei Fischkutter und fragte sich, ob das Leben auf See wohl etwas für ihn wäre.

Groß und mächtig bäumte sie sich vor ihm auf. Ihr Grau verschmolz mit dem des Himmels. Nass hingen die Wolken in der Luft, aber es würde nicht regnen. Auf dem Dach des Gebäudes gegenüber war ein Stern montiert unter dem *La Polar* geschrieben stand. Er dachte an die Sowjetunion. Das schien ihm bei der Form des Sternes naheliegend. Das *Café La Catedral* war nicht sehr gefüllt für diese Tageszeit. Das Wetter, dachte er. Dennoch lärmte es und ließ die Menge an Menschen viel größer erscheinen, als sie tatsächlich war. Vor den Stufen der Kathedrale stand eine Gruppe ältere Frauen, die alle sehr elegant gekleidet waren.

Er schloss die Augen, legte seinen Kopf in den Nacken und versuchte die Stadt zu riechen. Aber es war kein Geruch in der Luft. Das einzige, was auf bestimmte Art und Weise zu fassen war, war der Lärm der Baustellenfahrzeuge.

Er lief planlos umher. Ziellos. Er fühlte sich verloren in dieser Stadt. Warum Santander? Warum? Er ging die steinernen Treppenstufen an der Westseite der Kathedrale hinunter und gestand sich ein, dass es nicht dasselbe war, eine Stadt ohne sie zu entdecken. Aber das war natürlich jetzt unmöglich. Hätte er sie fragen sollen, ob sie ihn begleiten möchte? Ja, auf diese Idee war er gar nicht gekommen. Was war denn – und je länger er darüber nachdachte, desto mehr verfestigte sich sein anfänglicher Verdacht –, wenn sie es von ihm erwartet hätte? Dann hätte er sich ganz und gar daneben benommen? Wie egoistisch es doch war, alleine hierher zu fliegen. Ja, das war es – egoistisch. Plötzlich war er unsicher und kam sich idiotisch vor.

Im *Café de Pombo* nahm er Platz. Es dauerte, bis der Kellner an seinen Tisch kam, und der Milchkaffee, den er bestellt hatte, schmeckte ihm überhaupt nicht – nicht einmal mit viel Zucker. Dieses Poltern und Rumoren der Baustellenfahrzeuge. Es war nicht an Entspannung zu denken. Wie nur, wie nur sollte er seinen Aufenthalt unter diesen

Umständen genießen können? Irgendwie hatte Santander an diesem Nachmittag nichts Schönes und er wusste nicht, ob das nur am Baustellenlärm und dem Wetter lag.

Es gibt wohl keinen weniger geschäftigen Flughafen als den in Santander, dachte er. Er gab sein Gepäck auf und wollte gerade in ein Restaurant gehen, um noch eine Kleinigkeit zu essen. Da hielt ihn eine junge Frau mit dunklen Haaren und Zopf und freundlichem Gesicht zurück. Ob sie ihm ein paar Fragen stellen dürfe, fragte sie mit einem Lächeln. Er nickte. Als sie wissen wollte, ob er noch einmal hierher kommen würde, da überlegte er kurz und antwortete mit unentschiedenem Klang in seiner Stimme: Wohl eher nicht. Als er näher darüber nachdachte, wurde es ihm natürlich klar, dass seine Entscheidung gar nicht so unsicher war wie er tat.

Er bestellte ein Sandwich und eine Diät-Cola und nahm auf einem der orangefarbenen Plastikstühle Platz. Zuerst bemerkte er sie gar nicht, weil er zu sehr in sein Buch vertieft war, aber dann sah er sie doch. Sie saßen am Tisch gegenüber. Er war ergraut und trug eine Brille mit goldenem Gestell. Die Brille war sehr altmodisch, aber passte in sein ebenso altmodisches, rotes Gesicht. Er spielte an seinem Mobiltelefon herum und man spürte die Langeweile, die ihn plagte. Sie war eine ältere Frau und hatte strähniges, dichtes, blondes Haar. Ihr Körper war etwas füllig, aber es passte gut zu ihr und er fand, dass sie für ihr Alter attraktiv war. Ihr Gesicht hatte einen vornehmen Teint und war rundlich. Dennoch waren deutlich die Grübchen zu sehen, die sich nicht nur bildeten, wenn sie lächelte – was sie kaum tat. Ihre Augen hatten etwas Erhabenes. Er fühlte, dass hinter dieser Frau mehr steckte, als es ein erster, flüchtiger Blick erahnen ließ. Sie hatte etwas Wildes, Ungezähmtes in sich. Unter ihrer Haut lauerte eine Wildkatze, die nur darauf wartete geweckt zu werden.

Er las den Absatz zu Ende, packte das Buch in seinen dunkelgrauen, sportlichen Rucksack und ging in Richtung Sicherheitskontrolle. Bald würde er sie wieder sehen und er freute sich schon wie ein Kind. Sie hatten gerade am Telefon ausgemacht, dass sie die Nacht im Auto verbringen würden. Und es gab nichts, was er lieber getan hätte.

Dämme in Wasser

Alles was ihm jetzt noch blieb, war dieser Brief in der Hand. Davon war er überzeugt. Alles; dieser Brief. Dabei fing es doch so gut an. Das Abitur hatte er als Primus abgelegt. Natürlich hatte er das. Nicht nur seine Eltern, auch seine Freunde hatten das ja erwartet. Schon in den Jahren vorher war er immer Klassenprimus gewesen. Irgendwann, er wollte das ja gar nicht, aber plötzlich fühlte er es auch, war es klar, dass er alle enttäuschen würde, wenn er das Abitur auch nur als Zweitbester ablegen würde. Auch sich selbst. Das konnte er damals gar nicht begreifen. Für ihn, und das redete er sich ein, war es auch in Ordnung, wenn er nicht der Beste sei. Aber das war eben nur so ein Gedanke; sein Herz zeigte ihm einen anderen Weg auf. Da führt kein Weg dran vorbei: Primus oder Niederlage. Und an Niederlagen war er nicht gewöhnt. Das war einfach so. Er war nicht besonders verbissen bei dem was er tat. Er tat es einfach. Am Ende war er immer der Beste – ohne es wirklich sein zu wollen. Dann, eines nachts, als er partout nicht einschlafen wollte, da überlegte er sich, dass er in der Mathematikprüfung, die nächste Woche anstand, absichtlich so viele Fehler einbauen könnte, dass er ganz bestimmt nicht die beste Arbeit der Klasse abliefern würde. Wie hatten sie ihn da alle gehänselt. Vorbei der Nimbus der Unbesiegbarkeit. Jetzt guckst du ganz schön doof, was? Kurz wollte er allen sagen, dass es Absicht war, dass er mutwillig Fehler einbaute. Aber daran war natürlich gar nicht zu denken. Wer würde ihm denn glauben? Er glaubte es jetzt ja fast selbst nicht mehr. War er wirklich so dumm zu denken es wäre gut, eine fehlerhafte Mathematikarbeit abzugeben? Was hatte ihn da bloß geritten? Die nächste Arbeit lieferte er wieder ohne Fehler ab. Aber das interessierte keinen mehr. Alle sprachen nur noch davon, wie er damals diese Mathematikprüfung in den Sand setzte. Das muss man sich mal vorstellen. In den Sand setzte, sagten plötzlich alle, dabei hatte er immerhin noch die drittbeste Arbeit der Klasse. Nie mehr, das schwor er sich anschließend, nie mehr werde er so etwas tun. Absichtlich Fehler einbauen. Sich absichtlich schlechter machen als er war.

Fortan verbrachte er viele Nächte damit sich zu überlegen, wie er es allen zeigen könnte. Seine Eltern, die sollten natürlich stolz auf ihn sein. Auf ihren Sohn, den sie bei Familienfesten und sonstigen Anlässen immer anpriesen. Das war ihm unendlich peinlich. Einmal, da sagte er seiner Mutter, sie solle das lassen. Was, fragte sie da überrascht. Das wollte so gar nicht in seinen Kopf, dass sie nicht sofort begriff, was er meinte. Da ging er einfach weg und holte sich noch ein Stück Kuchen und aß es, während er den Vögeln zuschaute, wie sie zur Tränke flogen, die sein Vater im letzten Sommer gebaut hatte. Aber die anderen, die da, die ihn gehänselt hatten, die meinten, er hätte versagt, weil er in dieser Mathematikarbeit nur drittbester der Klasse gewesen war, die sollten erblassen vor Neid. Die sollten ruhig neidisch drein blikken, wenn sie erstmals sähen, wozu er in der Lage sei. Ja, fragte er sich diese ganzen Nächte hindurch, wozu sei er denn in der Lage? Da gab es ja viele Möglichkeiten; die Wissenschaft, die Musik, die Kunst. Nur, wofür sollte er sich entscheiden? Es war ihm klar, wenn er es wirklich allen zeigen wollte, dann müsse er sich auf eine Sache konzentrieren. Dann könne er nicht mal dies mal das machen und hoffen, dass eines Tages etwas Vernünftiges dabei herauskommt. Seine Schulkameraden, die machten das Erstbeste, was ihnen in den Kopf kam. Für die war das auch einfach; die hatten meistens ja gar nicht viele Möglichkeiten. Zwischen welchen sollten die also wählen können? Der eine wurde Lehrer, der andere Ingenieur. Der eine ging zur Bank, der andere stieg ins Geschäft des Vaters ein. Und hätte man ihn gefragt, er hätte schon vor langer Zeit sagen können, ja prophezeien können, dass es genau so kommt. Er aber war in allem gut – nur worin war er am besten? Er wusste es wirklich nicht. Nicht einmal eine Ahnung hatte er. Natürlich hätte er seine Eltern fragen können, aber deren Antwort wusste er schon. Mach etwas, womit du Geld verdienen kannst. Das wollte er auch, Geld verdienen. Aber was er noch mehr wollte war, es allen zu zeigen. Und vor allem denen, die damals nicht begriffen, dass er absichtlich Fehler eingebaut hatte. Wie dumm sie doch waren. Dachten sie wirklich, dass er nur die drittbeste Arbeit schreiben würde, wenn er sein ganzes Können aufbrächte? Diese Tore! Die wussten gar nichts! Die hatten ja gar keine Ahnung! Ignorant und dumm, genau das waren sie. Ignorant und dumm! Er lächelte in sich hinein, als er diese Worte vor sich hin sagte; mehrmals. Immer und immer wieder. Ignorant und dumm.

Viele seiner ehemaligen Schulkameraden hatten in der Zwischenzeit ein Haus gebaut und eine Familie gegründet. Aber das wollte er ja nie. Das war für ihn der Inbegriff der Spießigkeit. Die machten einfach alles so wie alle anderen. Das war alles so gewöhnlich. Gar nichts Besonderes. Natürlich hätte er das auch machen können, sich eine kleine heile Welt aufbauen. Aber, und so redete er sich oft ins Gewissen, seit Jahren schon, wie könnte er damit denn alle erblassen lassen vor Neid? Was würden sie denn sagen, wenn er nur ein Haus gebaut hätte und nur eine Familie gegründet wie alle anderen? Wären sie da nicht enttäuscht? Hätten sie von ihm nicht so viel mehr erwartet? Wahrscheinlich würden sie ihn dafür sogar hänseln. Ja ja, davon war er jetzt überzeugt. Das würden sie tun, weil er nur das geschafft hatte, was sie alle geschafft hatten. Er wäre einer von vielen; einer von ihnen. Wie schrecklich dieser Gedanke war. Am besten, er verdrängte ihn sofort wieder. Allerdings, jetzt legte er ein verschmitztes Lächeln auf, waren die denn alle glücklich? Nach außen schien es so. Aber, darüber wusste er ja nun wirklich Bescheid, mehr als jeder andere, oft sind die Dinge nicht so, wie sie nach außen erscheinen. Man denke nur mal an seine Mathematikarbeit von damals. Nach außen schien es die drittbeste zu sein. Aber er wusste natürlich, hätte er nicht absichtlich diese Fehler eingebaut, dass sie die beste Arbeit der Klasse gewesen wäre. Eigentlich war er überzeugt davon, dass die anderen nicht glücklich waren. Wie konnten diese ignoranten und dummen Nichtsnutze es besser wissen als er.

Wofür hatte er sich denn nun entschieden? Das mit der Wissenschaft, das passte so gar nicht auf die Dauer. Jedes Mal, wenn er ein Geheimnis lüftete, verlor es seinen Zauber. Das war eine neue Erfahrung für ihn, denn in der Schule – daran erinnerte er sich noch genau, damals – da war das nicht so. Aber da hat man ja auch nur oberflächliche Betrachtungen angestellt. Jetzt, wo er in den tiefsten Tiefen der Wissenschaft beheimatet war, hatte er eine ganz andere Sicht auf die Dinge bekommen. Und sie gefiel ihm auf Dauer nicht. Die Musik war sein ganzes Leben. Da konnte er kreativ sein und sich ausleben. Aber viel Geld verdiente er damit nicht. Und damit war es auch äußerst schwierig, die anderen zu beeindrucken, neidisch zu machen. Natürlich lebte er da ein Leben, von dem viele nur träumen konnten. Er war sein eigener Herr. Er stand auf, wann er wollte. Er griff zum Instrument, wenn ihm danach war. Aber jetzt stelle man sich mal vor, er hätte ein Haus bauen wollen? Wie sollte er das denn abbezahlen? Ja, ganz davon zu schweigen, welche Bank ihm denn einen Kredit dafür gäbe. Nein, die Musik war es auch nicht. Seine Eltern, die waren heilfroh, als er es ihnen mitteilte, dass er jetzt die Musik an den Nagel hing und ein Germanistikstudium anfing. Ach wie schön, sagte seine Mutter. Und dann: ein Lehrer, wie mein Vater. Ach ja, dachte er, Großvater war ja Lehrer. Aber das hatte er nicht im Sinn, Lehrer zu werden. Er wollte Schriftsteller werden. Und als er das dann sagte, da drehte sein Vater sich einfach wortlos weg und ging. In dieser Nacht, das sagte ihm seine Mutter später einmal, sei der Vater angetrunken nach Hause gekommen. Spät sei es gewesen, schon weit nach Mitternacht. Und geschrien soll er haben, der Vater. So hätte sie ihn vorher noch nie erlebt ...

Was diesem Lektor einfiele, schimpfte er, als er den Brief in der Hand hielt. Immer sei er der Beste gewesen, in allem was er tat. Nur einmal nicht, und da hatte er absichtlich Fehler eingebaut in einer Mathematikarbeit. Aber selbst da war er immer noch Drittbester der Klasse gewesen. Es tut uns leid, Ihnen mitteilen zu müssen. Wie das schon klingt. Es tut uns leid … So abgedroschen und abgenutzt. Machte man sich nicht einmal die Mühe, ihm persönlich einen Brief zu schreiben? Den, den er hier in Händen hielt, der sah so nach Vordruck aus. Ungeheuerlich, schimpfte er. Wie ignorant und dumm er doch sei, dieser Lektor. Ignorant und dumm, sagte er vor sich hin. Immer und immer wieder. Dabei hatte er alles so liebevoll gestaltet. Nichts, aber auch gar nichts sollte in Frage stellen, dass das, was er hier zu Papier gebracht hatte, etwas Großartiges war. Etwas, das die Zeit überdauern würde. Diese Zartheit und Süße in seinen Worten war unvergänglich, davon war er überzeugt. Eine Melancholie schwang in seinen Sätzen, die ihn noch nie zuvor ergriffen hatte. Dieser Lektor, wer war er denn schon? Hatte er etwas Großartiges, etwas Dauerhaftes, etwas Unvergängliches zustande gebracht? Wie war gleich sein Name?

Der Fluss plätscherte und eine Libelle umkreiste seinen Kopf. Vorhin, da war er ganz verärgert gewesen, wegen des Briefes. Jetzt aber konnte er wieder klar denken. Überrascht war er schon – von sich selbst. Wie konnte er sich nur so gehen lassen? So kannte er sich gar nicht. So wild und temperamentvoll. Voller Leidenschaft. Hatte er wirklich lauthals geschrien? Seine Vermieterin fragte ihn nachher auf der Treppe, ob alles in Ordnung sei. Warum, hatte er da mit großen Augen gefragt. Weil er so geschimpft habe, vorhin, sagte sie dann. Gott war ihm das peinlich. Bisher sprach sie ja immer in höchsten Tönen von ihm. Das wusste er, weil sie damit natürlich nicht hinterm Zaun hielt – gesprächig wie sie war. Insgeheim hoffte er, dass er mit seinem Wutausbruch nicht zu viel Schaden angerichtet hatte. Aber was konnte er schon dazu? Schuld an allem war doch nur dieser ignorante und dumme Lektor; die Unfähigkeit in Person!

Dieser Fluss. An dem hatte er schon als Kind oft gespielt. Das war noch weit vor dieser Mathematikarbeit, in die er absichtlich Fehler eingebaut hatte. Lehm hatte er immer genommen. Und er mochte diese graue, nasskalte Masse in seinen Händen. Das fühlte sich gut an. So natürlich und unbelastet. Zwanglos. Dann formte er sie und baute einen kleinen Damm. Das machte ihm immer viel Spaß. Sein Damm staute immer mehr Wasser auf als die Dämme seiner Kameraden und hielt auch länger. Jetzt war kein Damm zu sehen. Das Wasser toste nicht. Friedlich floss es dahin, so als kümmere es sich um gar nichts. Es floss einfach. Einfach so. Das konnte er nie. Einfach so sein. Ja, das war ihm wirklich unmöglich. Zuwider auch, auf gewisse Weise zumindest; aber zuallererst unmöglich. Hoch oben kreiste lautlos ein Mäusebussard, der Ausschau hielt nach seiner Beute. Könnte er wenigstens noch einmal seinen Sturzflug betrachten. Dieses kraftvolle, energische Hinabstürzen. Diese Demonstration von Stärke und Willenskraft.

Der Tag ging langsam zu Ende. Das merkte man, wenn man den Blick zum Horizont wandte.

Eine dünne, rötliche Linie zeichnete sich ab. Auch die Temperatur sank. Einige Wolken hatten sich gebildet, die wie große aschgraue Wattebäusche wirkten. Er fühlte sich beobachtet. Nur für einen kurzen Augenblick. Dann war jeder weitere Gedanke daran wie weggeblasen. Als der Mäusebussard seine Kreise immer enger zog und zum Sturzflug ansetzte, stürzte auch er sich hinab.

Der Stil der Hyäne

Er war überrascht, als er eintrat. Die Wohnung wirkte so aufgeräumt. Ganz anders als beim letzten Mal. Da waren – und daran konnte er sich genau erinnern, weil er es so unpassend fand – alle Schuhe durcheinander geworfen und bildeten einen großen Haufen, über den er erst einmal steigen musste, um in die Wohnung zu gelangen. Jetzt aber standen sie alle in Reihe und ordentlich sortiert. Ob das alle Schuhe waren, die beim letzten Mal so durcheinander herumlagen? Es konnte eigentlich nicht sein. Das hier, das waren sechs Paar Schuhe. Die hätten nie und nimmer einen solchen großen Haufen ergeben. Vom Flur aus konnte man in den Wohnbereich sehen. Der Tisch, auf dem das letzte Mal noch halbvolle Flaschen standen – Bier und Wein durcheinander, daran konnte er sich gut erinnern, weil er es so komisch fand – und Kaffeebecher, war jetzt aufgeräumt und sauber gewischt und mit einer rechteckigen, gestickten Decke bedeckt. In seiner Mitte stand in einer grünlich schimmernden Weinflasche eine einzelne Blume. Er wusste nicht, welche Blume das war, aber sie gefiel ihm. Wie sie da stand, diese Weinflasche mit der Blume, wirkte sie improvisiert, aber das störte ihn nicht. Sein Blick wanderte nach links, wo sich das Schlafzimmer befand. Die Tür war einen Spalt geöffnet, nicht weit, aber doch genug, sodass er einen Teil des Schlafzimmers erblicken konnte. Auch das Schlafzimmer war aufgeräumt. Dort, wo beim letzten Mal noch Kleidungsstücke lagen, die wahrscheinlich schon seit langem nicht mehr getragen worden waren, sah er jetzt einen dunkelblauen Teppichboden. Er überlegte eine Weile, was er sagen sollte. Und dann hoffte er, dass sie sein Zögern nicht bemerkt hatte, denn unweigerlich würde sie es als negative Reaktion deuten. Ja, da war er sich ganz sicher. Allerdings – und davon war er überzeugt – sollte er auch etwas zu ihr sagen. Aber es musste wohl überlegt sein. Es durfte sie nicht in eine peinliche Lage versetzen. Und er durfte sie nicht kränken. Nein, unter keinen Umständen durfte er sie kränken. Das ist beeindrukkend, hörte er sich sagen. Was, fragte sie. Na das, ihre Wohnung, sie hatte aufgeräumt – seinetwegen. Hatte er nicht erst vor ein paar Sekunden darüber nachgedacht, was er sagen wollte? War er sich nicht im Klaren darüber, dass es etwas sein musste, dass sie nicht in Verlegenheit brachte? Und jetzt das! Er wollte unter keinen Umständen, dass sie zugab, seinetwegen ihre Wohnung aufgeräumt zu haben. Es wurde wahrscheinlich Zeit, entfuhr es ihm. Nein, das war keine Rettung der Situation. Das machte alles nur noch schlimmer. Warum war er unfähig, das Richtige zu sagen?

120

Ob er noch etwas trinken möchte, fragte sie. Ja, danke. – Wein? – Nein. – Bier? – Ja, Bier. Trank er zu schnell? Er musste aufpassen. Er wollte nicht zu schnell fertig sein mit seinem Bier. Aber er wusste auch nicht, was er sagen sollte. Es war eine verzwickte Situation. Er nahm einen tiefen Schluck, stellte das Bier auf den Tisch und ging ohne Umwege ins Schlafzimmer, wo er anfing sich auszuziehen. Dann setzte er sich auf die Bettkante und wartete.

Als er am nächsten Morgen, nach nur wenigen Stunden Schlaf, seine Bluejeans anzog und mit nacktem Oberkörper vor ihr stand, da sagte sie, noch im Bett liegend mit zerwühltem Haar, dass er ganz schön sexy sei. Und da fühlte er sich gut – für einen kurzen Moment. Es war ein Aufflackern in ihm, aber es erlosch zu schnell. Noch einen Kaffee? Er schüttelte den Kopf. Irgendwie war ihm nicht nach Reden zumute. Nicht einmal ein einfaches »Nein« wollte über seine Lippen kommen. Ob alles okay sei. Da nickte er. Aber er wusste es besser. Und sie? Das war seine große Sorge: Wusste auch sie es besser?

Während er sein T-Shirt überstreifte, holte er tief Luft und blies erleichtert durch. Dieses Anziehen verschaffte ihm Zeit. Und die konnte er nutzen, um seine nächsten Schritte zu planen. Nein, bloß nicht zu schnell überziehen, dieses T-Shirt. Eine Unruhe lag in ihm. Ob sie sie fühlen konnte?

Er spürte, dass er ihr leid tat. Er sog ihr Mitleid regelrecht in sich auf. Wie er da stand, so verloren. Und wie groß plötzlich dieses Zimmer werden konnte. Richtig riesig konnte es werden. Und sie schien meilenweit entfernt von ihm zu sein. Jeder Schlag des Sekundenzeigers trug sie weiter in die Ferne. Es war unerträglich. Am liebsten hätte er sein Gesicht in seinen Händen vergraben und losgeheult. So richtig losgeweint wie ein kleines Kind. Er war überzeugt davon, dass es ihm gut getan hätte. Gereinigt hätte. Tief drinnen. Aber daran war natürlich nicht zu denken. Man stelle sich das nur mal vor, er, ein gestandener Kerl, der er sein wollte, heulte los – vor ihr? Womöglich würde er dann zu schluchzen beginnen in hohen weibischen Tönen, die er nicht unterdrücken könnte. Wie sähe das denn aus? Was würde sie denn von ihm halten? Undenkbar! Nein, das war wirklich keine Möglichkeit. Undenkbar! Wirklich!

Sie richtete sich auf und wirbelte mit beiden Händen ihr Haar durcheinander. Dann tat sie so, als müsse sie gähnen. Du, sagte sie in einer Stimmlage, die gekünstelt klang, ich bin noch müde; zieh einfach die Tür hinter dir zu, wenn du gehst, ja? Dann drehte sie sich um und legte sich wieder hin. Die Bettdecke rutsche ein Stück nach unten und entblößte ein zartes, weißes Schulterblatt.

Wie leid er ihr doch tat. Sie konnte ihn nicht so ansehen; so wie er dastand, wie ein Häufchen Elend. Das war ja schrecklich. Wo war er nur geblieben, der Mann von gestern Nacht? Der Mann, in dessen starken Armen sie dahinschmolz? Der Mann, der sie einfach nahm und nicht lange danach fragte? Sollte dieser Kerl, der jetzt wie ein gekränkter Junge vor ihr stand, alles sein, was von ihm übriggeblieben ist? Wirklich alles?

Er blickte aus dem Fenster. Draußen wehte ein starker Wind und Regentropfen peitschten gegen die Scheibe. Für ein paar Sekunden schaute er ihnen zu, wie sie vor seiner Nase zerplatzten und dann in schmalen Rinnsalen auseinanderflossen. Sie hörte, wie er in seine Jacke schlüpfte und den Reißverschluss zuzog. Als die Tür ins Schloss fiel, öffnete sie weit ihre Augen. Tränen stiegen in ihr hoch und sie war unfähig, sie zu unterdrücken. Sie kannte dieses Gefühl nur zu gut, das sie überkam. Das sich in ihr breit machte. Sie hatte es schon oft gefühlt. Und sie hasste es.

Der Tag des Sperlings

In diesem Moment war ihm unwohl. Das ärgerte ihn. So sehr hatte er sich darauf gefreut. So oft hatte er diesen Augenblick herbeigesehnt. War er ihn nicht schon oft durchgegangen im Geiste? Hatte er sich nicht schon oft überlegt, ja nahezu zurechtgelegt, wie er sich verhalten würde? Wie er dastünde? Wie er seine Arme an den Körper legen würde? Nicht zu eng, damit er nicht verklemmt erscheint, aber auch nicht zu weit weg, damit sie nicht verloren wirkten. Ja, es bestand kein Zweifel. Er hatte sich darauf gefreut.

Als er in den Zug stieg – da lagen noch drei Stunden Fahrt vor ihm –, da fühlte er sich so leichtherzig und freizügig. Mit einem spielerischen gekonnten Sprung stieg er in den Zug und zog seine Reisetasche hinter sich her, die Mühe hatte, mit ihm Schritt zu halten. Das Zugabteil war nahezu leer und er setzte sich auf den erstbesten Platz, der frei war. Die Luft war stickig und roch abgestanden, aber das registrierte er nur beiläufig. Er saß mit dem Rücken in Fahrtrichtung und sah aus dem Fenster die Landschaft wie sie zu einem undurchdringlichen Brei verschwamm. Manchmal fixierte er einen Baum oder eine Hecke mit scharfem Auge und verfolgte sie bis sie aus seinem Blickfeld verschwanden. Er griff in seine Reisetasche und zog ein Buch heraus. Schon lange hatte er sich vorgenommen, dieses Buch zu lesen. Damals, als er es in der Schule hätte lesen sollen, da hatte er sich nur die Verfilmung angesehen. Das reichte, um eine gute Note in der Abschlussarbeit zu bekommen. Und überhaupt fand er während seiner Schulzeit keinen rechten Zugang zur Literatur. Das änderte sich, als er das erste Mal Hesse las. Demian hieß das Buch und er erstand es auf einen Flohmarkt für zwei Euro. Natürlich fragte er sich nach dem Kauf, weshalb er dieses Buch gekauft hatte. Er las doch gar nicht gerne. Dann, als es draußen stürmte und er begann es zu lesen, da konnte er es nicht mehr aus der Hand legen, bis er es zu Ende gelesen hatte. Von diesem Tag an kaufte er sich viele Bücher und las sehr viel. Aber jetzt, während er in diesem Zug saß, der mit gleichbleibender Geschwindigkeit monoton und stur die Landschaft durchquerte, war an Lesen gar nicht zu denken. Er war viel zu aufgeregt und zu viel Vorfreude steckte in ihm, als dass er etwas anderes hätte tun können, als aus dem Fenster zu schauen und die Landschaft an sich vorüberziehen zu lassen. Manchmal wurde die grün-blaue Fläche, die sich vor seinem Fenster ergoss, von bunten Farbklecksen durchschnitten, die Unruhe und Aufregung anspülten.

128

Dann spürte er, wie der Zug langsamer wurde und schließlich an einen Bahnhof heranrollte, wo er zum Stehen kam. Obschon er die Zugverbindung ausgedruckt vor sich liegen hatte, suchte er immer noch zusätzlich – so als wollte er sich absichern – auf dem Bahnsteig nach einem Schild, das Auskunft darüber gab, wo sich der Zug gerade befand. Als die Liste der geplanten Halte kleiner wurde, und daran konnte er gar nichts ändern, das war unausweichlich, da spürte er schon, wie seine Vorfreude in ein leichtes Unwohlsein überging. Er wunderte sich noch. Wie kann das sein? Weshalb sollte er sich jetzt, wo er doch voller Vorfreude war, unbehaglich fühlen? Er verdrängte jeden Gedanken daran. Aber schließlich, und jetzt musste er es sich eingestehen, ertappte er sich dabei, wie er unruhig auf seinem Sitz hin und her rutschte und mit seinen Füßen einen ihm unbekannten, hastig wirkenden Rhythmus klopfte. Nein, das war unbegreiflich. Das wollte einfach nicht in seinen Kopf.

Aus den Lautsprechern in seinem Zugabteil tönte die Durchsage: Nächster Halt ... Er spürte, wie der Zug langsamer wurde, als die Magnetschienenbremse betätigt wurde. Nun war er also bald da. Als er ausstieg, und das wirkte nun nicht mehr spielerisch und gekonnt, da schnaufte er erst einmal tief durch. Die Luft, das fiel ihm sofort auf, roch hier frischer. So weit so gut. Er blickte nach links, sah aber nur die Gleise, die aus dem Bahnhof führten. Er versuchte sie mit seinem Blick zu verfolgen, aber in weiter Ferne verschwammen die Gleise mit der feuchten Luft zu einem undurchsichtigen Grau. Dann schaute er nach rechts; dorthin, wo alle Fahrgäste sofort gestürmt waren, nachdem sie den Zug verlassen hatten. Er sah noch, wie die letzten Fahrgäste auf die Rolltreppe stiegen, um sich nach oben befördern zu lassen. Langsam, fast widerwillig, setzte er einen Fuß vor den anderen. Ja, es war nahezu so, als ob er sich zwingen musste zu gehen. Als er unter einer Bahnhofsuhr stand, die das Gleis in zwei gleichgroße Abschnitte teilte, da blickte er nach oben. Noch dreizehn Minuten, sagte er zu sich selbst. In diesem Augenblick spürte er, wie eine dumpfe, unangenehme Wärme in ihm aufstieg. Wäre er nicht drei Stunden Zugfahrt von daheim entfernt, es hätte nicht viel gefehlt und er wäre in den nächsten Zug zurück gestiegen.

Dass diese Frau ihn im Vorbeigehen so angeschaut hatte, war ihm unangenehm. Aber was hätte er schon tun können? Sein Unbehagen hatte sich zu Schmerzen gesteigert, die in Schüben kamen und Krämpfe in der Magengegend hervorriefen. Dann beugte er seinen Oberkörper ein bisschen nach vorne, um den Schmerzen auszuweichen. Da waren es noch vier Minuten, bis ihr Zug ankam. Er schloss die Augen und spürte, wie sich Schweißperlen auf seiner Stirn bildeten. Er atmete die frische Luft ein und wischte sich den Schweiß von der Stirn. Es kam ihm vor wie eine Ewigkeit. Allein dieses Einatmen und Wegwischen musste Stunden gedauert haben. Als er aber die Augen wieder öffnete, da hatte sich der Minutenzeiger der Bahnhofsuhr kaum bewegt. Still und voller Fassung stand er da, so als wolle er noch länger in dieser Position verharren.

Sie bewegt sich kaum. Ein leichtes Lächeln in ihrem Gesicht, das Beharrlichkeit ausstrahlt. Zuerst sieht er ein Haarbüschel. Er hat sie schon lange nicht mehr gesehen. Er weiß gar nicht, wie sie jetzt aussieht. Aber in diesem Moment, wo er dieses Haarbüschel entdeckt, da entgleist ihm sein Herz, und er merkt, dass sie es ist. Sein muss. Ihr Gesicht wirkt hager. So kennt er sie nicht. Die Wangen leicht eingefallen, so erscheint es ihm. Jetzt fragt er sich, ob sie es damals auch schon waren. Im Geiste steht er wieder an dem Fenster. Es regnet. Unten läuft sie vorbei, mit der rechten Hand eine Illustrierte über ihren Kopf haltend als Schutz vor dem Regen. Der Moment, in dem sie nach oben schaut und sie sich das erste Mal ansehen. Der Körper dünn und abgemagert. Auch das ist anders, als er es in Erinnerung hat. Ist sie es wirklich? Zaghaft kommt sie auf ihn zu. Jetzt erwartet sie, dass er die Kontrolle übernimmt, die Situation anleitet. Aber wie? Wie soll er diesen Mut aufbringen? Verlegen streckt er seine Hand aus. Es kommt ihm dumm und kindisch vor, aber er kann nichts dagegen tun. Er versucht ihre Augen zu beobachten, um aus ihnen lesen zu können. Aber es gelingt ihm nicht. Er kennt ihren Gesichtsausdruck nicht. Wie hätte er ihn auch kennen sollen, nach so langer Zeit. Fand sie es unpassend, dass er nur seine Hand ausstreckte und die Begrüßungsworte nahezu flüsterte? Keine Umarmung, obwohl er diesen Moment schon tausendfach durchdacht hatte, geplant hatte wie in einem Drehbuch. Falscher Film. Das konnte nicht das Wiedersehen sein, auf das er sich vorbereitet hatte und das er mit solch großer Vorfreude erwartet hatte. Das durfte es einfach nicht sein. Unter keinen Umständen durfte es so bleiben. Aber was sollte er tun? Wie sollte er sich jetzt verhalten? Welche Möglichkeiten hätte er denn, die Situation zu retten? Und selbst wenn ihm etwas einfiele, so wäre er dennoch nicht in der Lage gewesen, es auszuführen. Nein, sein Körper hätte sich geweigert. Diese Stärke hätte er nie und nimmer aufbringen können. Nicht in diesem Augenblick. Hoffentlich merkte sie seine Unsicherheit nicht. Das war seine größte Sorge. Und um davon abzulenken, da fragte er sie, ob sie unsicher sei. Dabei versuchte er gefasst zu wirken. Sie blinzelte und sagte verlegen, sie sei aufgeregt. Und er? Da winkte er gönnerhaft ab.

Sie überquerten eine Brücke. Der Fluss floss gleichmäßig unter ihnen dahin. Im Wasser sahen sie ab und zu Menschen, die sich an luftgefüllten Plastikkanistern festkrallten, um nicht unter zu gehen, und sich anscheinend ziellos treiben ließen. Sie schienen außerhalb jeder Zeit zu leben.

Es war das erstbeste Café, in das sie sich setzten. Es gefiel ihm nicht. Auch der Tisch, an dem sie Platz nahmen, gefiel ihm nicht. Zu nah an den vorbeilaufenden Passanten. Zu wenig versteckt, um intime Gespräche führen zu können. Er fühlte sich beobachtet. Jedes Mal, wenn ihn ein Passant im Vorübergehen ansah, dann sie, dann wieder ihn, da fühlte er sich ertappt. Außerdem blendete ihn die Sonne, wenn er versuchte, ihren Hals anzusehen. Es war ein schöner, langer Hals. Er kniff die Augen zusammen und verfolgte den Weg der Schlagader, die den Hals als nahezu gerader Strich von oben nach unten durchquerte. Sie kam ihm vor wie ein Fluss, in dem pulsierendes Leben fließt. Dann wieder ein Passant. Jetzt kann er ihren Hals nicht mehr ansehen. Das wäre jetzt zu auffällig. Sie greift in ihren Rucksack. Wieso hatte sie ein Fotoalbum mitgebracht? Er hatte sich intensiv auf dieses Treffen, dieses Wiedersehen vorbereitet, aber daran ein Fotoalbum mitzubringen, hatte er keinen Augenblick gedacht. Nicht einmal annähernd – und diese Vermutung bestätigte er nach einigem Nachdenken – hatte er daran gedacht. Und als sie es aufschlug, da wurde es ihm noch unverständlicher. Wieso sollte sie ihm beim ersten Wiedersehen etwas über ihre Eltern erzählen? Interessierte ihn denn überhaupt, wie ihre Eltern aussahen? Dass ihre Mutter die gleichen Haare zu haben schien und ihre Augen die ihres Vaters waren? War das wichtig für ihn? Er zeigte sich interessiert, natürlich tat er das, und hoffte, dass er sich nicht durch eine unangebrachte Aussage verdächtig machte. Einmal versuchte er noch, ihren Hals zu erblicken. Aber es misslang. Sie sucht nach ihrer Geldbörse, als der Kellner die Rechnung auf den Tisch legt. Er möchte sie einladen. Das kommt ihm komisch vor. Diese Worte kamen so schnell aus seinem Mund. Dabei weiß er selbst nicht einmal, ob sie stimmen. Möchte er sie nur deshalb einladen, weil er denkt sie erwartet es? Er sieht sie an, wie sie in ihrem Rucksack verräterisch und etwas zu lange nach ihrer Geldbörse sucht. Darin findet er sich bestätigt. Als sie ablehnt, lässt er sich auf das Spiel ein. Es braucht nicht lange, um sie vom Gegenteil zu überzeugen. Er legt einen zu großen Geldschein auf den Tisch. Dann blickt er um sich, aber keiner der vorbeilaufenden Passanten schaut ihn an.

Sie hatten darüber gesprochen, daran erinnerte er sich jetzt. Er spürte noch ein Stück Restunsicherheit in seinem Körper, die sich auf seine Stimme legte. Aber ihr Blick, den er nur beiläufig wahrnahm, wischte jegliches Unbehagen weg. Als er an die Rezeption trat, nahm er die Karte entgegen, die als Schlüssel für das eine Zimmer, das er gebucht hatte, diente. Das Zimmer wirkte kühl. Neben dem Eingang war die Tür zum Bad. Es war eine Schiebetür, die man nicht abschließen konnte.

Sollte er es jetzt ansprechen? Oder warten, bis sie
es tat? Wenn die Schiebetür geschlossen ist, dann
bedeutet es, dass das Bad besetzt ist. Sofort spürte
er wieder diese unangenehme Wärme in sich. Das
Blut schoss ihm in die Wangen. Es war entsetzlich,
so etwas jetzt anzusprechen. Sie lächelte nur und
sagte nichts. Er setzt sich auf das Bett, während sie
durch den Raum wirbelte. Wie soll diese Nacht
nur werden? Was werden sie tun? Was werden sie
nicht tun? Und viel wichtiger: Was wollen sie eigentlich tun? Er wusste keine Antworten auf diese
Fragen. Sie ist geschickt im Umziehen, dachte er
sich, als sie in neuen Kleidern vor ihm stand. Er
fühlte sich dazu gezwungen, etwas zu sagen. Ihre
Augen, ihr Gesicht, ja ihr ganzer Körper erwarte-
ten es von ihm. Er wusste, dass sie einen neuen
Rock trug, den sie nur für diesen Abend gekauft
hatte. Sie hatte es ihm einmal geschrieben. Hübsch.
Es war zu wenig, das wusste er. Und es klang so
altbacken. Am besten, er bliebe stumm.

Sie bestellte einen Salat und einen Apfelsaft.
Durfte er jetzt noch eine Pizza mit extra viel Käse
und eine Cola bestellen? Er hatte Lust darauf.
Schon bei dem Gedanken an extra viel Käse lief
ihm das Wasser im Munde zusammen. Aber sie
ernährte sich so gesund. Wie würde sie es auffas-
sen, wenn er jetzt eine Pizza bestellte? Wie er sie
findet, fragte sie. Davor hatte er Angst. Angst vor
dieser Frage. Unbehagen überkommt ihn. Klagt
ihn wortlos an. Dann entgleitet seinen Lippen das

Wort dünn und ihre Augen sprechen Bände. Leer wirken sie in diesem Moment. Er wollte das nicht. Aber er wollte auch nicht lügen. Ja, hätte er besser lügen sollen? Diese Frage quält ihn jetzt, wo er sie dasitzen sieht mit schmalen Schulter und gesenktem Kopf. Dann spricht sie es aus, während sie auf dem Stuhl hin und her rutscht – so wie er im Zug auf seinem Sitz hin und her rutschte. Sie steht unter Stress. Sie überlegte, ob sie überhaupt kommen sollte. Stress schlägt sich immer auf ihren Körper nieder. Als er sie das letzte Mal sah, da ging es ihr gut. Jetzt lächelt sie ihn an. Ihr wird es hoffentlich bald wieder besser gehen. Es ist kein Wunsch, sondern eine Aufforderung an ihn. Er spürt den Druck, der jetzt auf ihm lastet. Als sie auf die Toilette geht, um sich frisch zu machen, zahlt er die Rechnung. Er seufzt. Es ist eine große Aufgabe, die er zu bewältigen hat.

Er weiß nicht, ob er den Film gut findet. Er läuft gänzlich an ihm vorbei. Jetzt ist sie ihm so nah. Ihre Hand neben seiner. Manchmal, wenn er sich bewegt, dann streift er ihren Arm. Er darf es nicht zu oft machen, sonst fällt ihr auf, dass er es absichtlich tut. Einmal kommt er ihr ganz nah. Er dreht seinen Kopf zu ihr. Jetzt riecht er ihr Parfum, das er bereits im Hotelzimmer gerochen hatte. Da hatte es aber noch nicht diese Wirkung auf ihn gehabt. Jetzt sieht er auch ihren Hals wieder, ihre Schlagader, das sie durchströmende Blut. Nein, er wird nicht versuchen, sie zu küssen. Er möchte sie nicht überfallen. Hat er Mundgeruch? Dieser Gedanke schießt ihm plötzlich in den Kopf. Er schmeckt den Belag auf seiner Zunge. Es ist ein ungewohnter Geschmack. Es wäre möglich, dass sein Atem unangenehm riecht.

Als sie das Kino verlassen hatten, regnete es. Jetzt eilen sie zum Hotel. Ab und zu, wenn es möglich ist, dann stellen sie sich unter für kurze Zeit. Unter eine Bushaltestelle. Einen Baum. Sie sind sich einig, dass sie nicht abwarten wollen, bis der Regen aufgehört hat. Dann laufen sie zügig weiter. Er überbrückte Pausen mit Einschüben über das Wetter. Mistwetter! Er betonte es immer wieder. Natürlich kam ihm das billig und schäbig vor, aber was sollte er tun. Wenn er nicht über das Wetter sprach, dann stellte sie Fragen. Was er jetzt täte, wenn er Single wäre? Nichts! Das kam schnell. Zu schnell vielleicht. Und es war gelogen. Das wusste er. Das wusste wahrscheinlich auch sie. Natürlich tat sie das. Mistwetter! Sie ergreift seine Hand. Keiner spricht mehr ein Wort.

Plötzlich steht sie in der Mitte des Hotelzimmers. Sie dreht ihm den Rücken zu und nimmt ihre Ohrringe ab. Sie spielt auf Zeit. Wieder einmal. Es dauert viel zu lange. Ihre Hände am Ohr, wie sie mit dem kleinen silbernen Ring spielen. Er ist schlicht, aber elegant. Das passt zu ihr. Ihre schmale Gestalt wirkt fehlplaziert in diesem Zimmer, das zu groß für sie ist. Er steht hinter ihr. Es sind nur zwei Schritte, aber sie kommen ihm wie

Meilen vor. Er darf nicht zu lange warten, das weiß er. Aber sein Kopf wehrt sich noch. Er zweifelt nicht mehr. Allein der Mut fehlt ihm. Als er seine linke Hand auf ihre Hüfte legt – wie geschmeidig sie sich unter seinen Fingern anfühlt –, da werden seine Knie unruhig. Noch kann er sich halten. Überhaupt ist es eine wohltuende Unruhe. Sie dreht sich zu schnell um. Er hätte sie gerne noch länger von hinten umgriffen, seine Hände auf ihren Hüften, seinen Kopf auf ihrer Schulter. Keine Ablenkung durch zwei Augen, die ihn erwartungsvoll ansehen. Ihre Bewegungen sind hartnäckig. Für einen Moment ist jede Sanftheit von ihr gewichen. Jetzt spielt es keine Rolle mehr, ob er Mundgeruch hat. Nur kurz denkt er noch einmal daran. Aber dieser Augenblick ist zu intim dafür. Jetzt wirkt es zu klein, das Hotelzimmer, für beide. Zaghaft lehnt er seinen Kopf nach vorne. Nein, er weiß nicht, wie weit er gehen darf. Aber das ist nicht nötig. Sie nimmt ihm jede Aufgeregtheit, legt scharf und feierlich ihre Lippen auf die seinen. Nun ist sie eine Heilige aus Fleisch und Blut.

Die letzte Nacht ein Traum. Beide waren sich sofort darüber einig, als sich ihre Augen am nächsten Morgen trafen. Natürlich hatte das keiner von ihnen in Worte gefasst. Das war nicht nötig. Worte zählten in diesem Augenblick nicht. Reden war überflüssig geworden. Auch das war eine neue Erfahrung für ihn. Gab es wirklich Momente, die keiner Worte bedürften? Gab es Geschehnisse, die an Zauber verloren, sobald man sie in Worte ausdrücken versuchte?

Natürlich hatte er schon hundertfach in ihre Augen gesehen. Aber niemals zuvor auf diese Art und Weise, mit einer ihm vorher unbekannten Innigkeit. Niemals zuvor war er ihnen so nah gekommen, hatte den feuchten dünnen Film wahrgenommen, der sie vor dem Austrocknen bewahrte. Hatte das Strahlen gesehen, das sie aussendeten, eingerahmt von tiefschwarzen gebogenen Wimpern. Wie nennt man das auf Englisch, hatte sie dann gefragt und auf ihre Augenbrauen gedeutet. Wieso wollte sie das jetzt wissen? Das erschien ihm so unpassend in dieser Situation. Was ging ihr durch den Kopf, während er von ihren Augen in Beschlag genommen wurde? Eyebrows, sagte er dann und versuchte, seine Stimme zart und mitfühlend wirken zu lassen. Sie atmete erleichtert auf, so als ob es sie schon lange beschäftigt hätte. Dann fiel ihm auf, dass sie doch eigentlich viel besser Englisch sprechen konnte als er.

Das sind ihre Haare, die jetzt friedlich in seinem Schoß liegen, die er gestern so sanft gestreichelt hatte. Ihr bezauberndes Haar, das er besonders liebte, wenn sie es offen trug. Sie blickt in den Himmel. Nein, er darf ihr jetzt nicht erklären, warum der Himmel blau ist. Er darf diesen Moment nicht zerstören mit etwas so Belanglosem. Der Fluss fließt ruhig, kein Leben ist in ihm. In den Bäumen sitzt ein Sperling, der sie beobachtet. Aber er stört ihn nicht. Sie sind beide beschämt, bestürzt darüber, was gestern Nacht geschehen ist. Beide wissen es. Sie brauchen nicht darüber zu reden. Sie trägt heute andere Ohrringe, das fällt ihm jetzt erst auf. Als sie ihren Kopf bewegt, gibt sie ihren Hals preis. Die Halsschlagader ein blasser violetter Faden. Sie ist vollkommen ruhig. Das erstaunt ihn. Er ist innerlich aufgewühlt. Und dann: Vielleicht ist ihre Ruhe, ihre Besonnenheit nur gespielt? Aber das spielt keine Rolle. Dann ist es Zeit.

Sie haben beide keine Taschentücher in ihren Händen. Das wäre zu kitschig, darüber waren sie sich sofort einig. Sie winken mit ihren bloßen Händen, als der Zug anfährt. Er beobachtet ihre immer kleiner werdende Figur, bis sie schließlich ganz verschwunden ist. Nur einmal noch schreckt er während der Heimfahrt auf, als der Zugbegleiter seinen Fahrschein sehen will.